혼자여도 괜찮을까?

어쨌든 한번은 부딪히는 인생 고민

혼 —— 자여도
괜찮을까 —— ?

피오나 · 미나리 지음

다온북스
DAON BOOKS

어느 날 나에게 물었다.
정말 괜찮냐고

'혹시 A부장님 소식 아세요?'

어느 날 문득 그분의 소식이 궁금해졌다. 아마도 그 날, 나는 무척이나 외로웠던 건지도 모르겠다. 열심히 산다고 살아왔는데 어쩌다 보니 흘러버린 시간과 내 인생을 어떻게 해야 할지 몰라 하루 하루가 불안하고 초초했다. 마흔하나, 싱글, 불안정한 회사. 수년만에 이력서를 다시 쓰고 여기저기 연락을 해봤지만 돌아오는 답은 "나이가 많으셔서…"였다. 내 인생이 지금 어디에 와 있는지 감을 잡을 수 없게 멍해졌다. 집에 가도 혼자였고, 회사에 와도 혼자라는 생각이 들었다.

나와 함께 일했던 이들은 지금 어디서 무엇을 하고 있을까? '그래도 그땐 나름 회사 생활도 좋았는데…'라며 추억에 젖어 메신저를 기웃거렸다. 그러다 A부장님이 작년에 회사에서 정리해고를 당했다는 소식을 듣게 되었다. 그 이후로는 소식을 아는 사람이 없다고 했다. 나는 적잖이 충격을 받았다. 누구보다 일에 열심이었고 처세에도 능해서 그녀라면 당연히 임원이 될 거라 믿어 의심치 않았다. 게다가 미혼인 그녀가 걸어가는 인생길은 언제나 나의 관심사였다. 한때는 나의 롤모델로 삼을까 했을 정도로(물론, 그녀는 엄청난 워커홀릭형이라서 나와는 진작에 거리가 멀었지만.) 승승장구하던 그녀가 정리해고라니!

나와 그 시절 함께 일했던 피오나 님에게도 A부장님의 근황을 물었다. 둘이 꽤 가까운 사이였으니 뭔가 새로운 소식을 알 거라 기대했다. 다른 회사로 옮겨서 여전히 열심히 일하고 있다거나 뜻밖에도 결혼을 하셨다거나 하는 반가운 소식 말이다. 그러나 실망스럽게도 피오나 님조차도 근황을 알지 못했다. 그렇게 가까운 사이였던 피오나 님도 소식을 모르다니 한마디로 '행방불명'인 셈이다. 결혼을 했다면 몇몇의 지인에게는 반드시 연락이 왔을텐데 말이다.

"전에 같이 회사 다니던 우리 또래 여자들이요…. 지금 전부 전업 아니면 행불이에요."

나는 피오나 님에게 푸념했다. 내가 느낀 불안의 실체가 드러나는 순간이었다. 여자 나이 마흔이면 모두 전업(주부)이거나 행불(행방불명)이라는 현실. 결혼해서 전업주부가 되거나 결혼을 못했다면 사회적으로 큰 성공을 거두지 못하는 한 어느 순간 자연스럽게 이 사회에서 존재감이 지워지고 결국 아무도 소식을 모르는 행불자가 되고 마는 것이다.

혼자여도 괜찮을 것 같던, 반드시 일로 성공할 것 같던 A부장님이, 한때는 내가 롤모델로 삼으려 했던 A부장님이 마흔을 넘어 결국 행방불명이라니. 그런데 여기서 더 흥미로운 발견은 정작 A부장님 이야기를 하고 있는 피오나 님과 내가 각각 '전업'과 '행불'이라는 사실이다.

내가 흉내조차 낼 수 없는 워커홀릭이었던 A부장님이 행불이 되는 마당에 결혼도 하지 않았고, 직업적 성공도 멀어져 버린 나는 이미 '행불'이거나 '곧 행불' 신세다. 피오나 님은 이혼 후 행불의 삶을 살다가 얼마 전에 재혼을 하고 회사를 그만둔 '전업' 상태이다.

전업이라고는 하지만 40대 중반에 이제 겨우 24개월 된 딸을 키우고 있는, 아주 늦은 육아를 시작한 경우로 일반적인 마흔의 모습과는 거리가 멀다. 세상이 생각하는 마흔이라면 당연히 결혼은 했고 또 당연히 아이도 있고, 중고등학생의 사교육비에 허덕이는 전업맘이거나 워킹맘일지도 모르겠다. 그리고 미혼이라면 커리어 우먼으로 성공을 했거나 탄탄한 기반을 쌓은 여자를 떠올릴 것이다.

하지만 '나'라는 사람이 사는 현실은 그 어디에도 속하지 않는다. 피오나 님도 40대의 전형에서 거리가 있는 삶을 살고 있고. 사회가 기대하는 일반적인 모습은 아니지만 어쩌면 우리가 사는 모습이 진짜가 아닐까?

이런 진짜 마흔을 찾아서 스포트라이트를 비춰주는 '시선'은 왜 없는 걸까?

그런 고민에서 피오나 님과 함께 이 책을 시작하게 되었다. 비단 마흔뿐만 아니라 흔히 남들이 혹은 사회가 말하는 '그 나이에' 해야 하는 것들에서 조금씩 벗어나 살고 있는 사람들이 공감할 이야기를 해 보고 싶었다. '이 나이에 무슨'이라며 스스로 움츠러들고 '그 나이 먹도록' 뭐하냐며 질타의 대상이 되어 어디론가 숨어버리고 싶은 마음이 불쑥불쑥 드는 나지만 용기를 내어 내가 지금 겪고 있는, 내가 살아 내고 있는 마흔의 이야기를 하려고 한다.

마흔을 넘어 여전히 혼자 사는 내가 이대로 혼자여도 괜찮을지, 행방불명이 되지 않고 살아갈 방법이 있을지, 행불자와 전업주부를 모두 경험한 피오나가 생각하는 마흔은 무엇인지, 늦은 결혼부터 육아까지 여자의 인생을 둘러싼 여러 고민에 대한 솔직한 이야기들을 풀어냈다.

미리 말하지만 우리는 결코 누군가의 부러움을 사거나 누군가에게 조언을 하려고 하는 것이 아니다. 마치 이 사회에 존재하지 않는 듯이 여겨지는 그런 부류의 마흔 살 여자들을 이야기 하고 싶었을 뿐이다.

여자라면 나이 불문하고 연애와 결혼의 고민이 가장 우선이라 생각해 앞장에 많은 분량을 할애했고 또 마흔이라면 단순히 연애와 결혼만이 아니라 인생 전반의 고민도 함께 하리라 생각해서 여러 장에 나누어 담았다.

글을 쓰면서 계속 이런 고민을 했다.

'진짜 이대로 살아도 괜찮을까?'

글을 마칠 즈음엔 내 나름의 답을 찾을 수 있었다. 이 책의 마지막 장을 덮을 때쯤에는 내가 그랬듯이 여러분도 여러분만의 답을 찾을 수 있기를 바란다.

미나리

언감생심, 이제 연애는 무리일까?

이 나이에 연애는 무슨

─ 미혼이라고 왜 말을 못해!

"마흔이요… 사십…."

생각만 해도 얼굴이 화끈 달아오른다.

마흔이 되면서 가장 큰 걱정은 어디 가서 나이를 이야기하는 게 너무 창피하다는 거다. 마흔 살로 이미 열 달을 살아왔고, 두 달 후면 마흔하나가 되지만 솔직히 내 나이에 대한 부끄러움은 아직도 극복하지 못했다.

이 나이에도 용케 아직 회사를 다니고 있는 덕인지 탓인지, 올해만 해도 몇 번이나 나이를 이야기해야 하는 순간이 있었다. 그럴 때마다 되지도 않는 웃음으로 어색함을 감추며 "많이 먹었죠…." 정도의 애매

한 대답을 하거나, 그래도 끝까지 파고 들어오는 상대가 있다면 "75년생이요…." 이렇게 돌려 말하곤 했다. 곧 죽어도 내 입으로 '마흔' '사십'이라는 단어를 말하기가 싫었다.

　내 입으로 말하기 싫은 것뿐만 아니라 75년생이라는 대답을 듣고, "그럼 마흔이요?"라며 상대방의 입에서 '마흔'이라는 단어가 나올 때, 마치 그것이 화살이 되어 심장에 날아와 박히는 느낌이 들었다. 그러고 나면 떳떳하게 얼굴을 들 수가 없었다. 그뿐만이 아니다. 마흔이라는 단어에 무슨 마력이 있는 건지, 그 어떤 칭찬의 말에도 '마흔'만 들어가면 칭찬으로 들리지 않았다.

　내 나이를 알고 나서 "어머, 마흔으로 안 보이세요!" 하는 칭찬의 말이나 심지어 "우와, 이게 어떻게 마흔의 몸이야?"라는 말까지도 말하는 사람의 의도와 상관없이 묘한 자괴감을 불러일으켰다.

　나이보다 어려 보여 기분이 좋은 것도 서른아홉까지인 걸까? 그건 아닐 텐데 나의 마흔 살이 이렇게 부끄럽고 자괴감이 드는 이유는 뭘까? 이런저런 이유를 떠올려보지만 역시 이유는 하나다. 내가 '사회가 기대하는' 마흔 살 여자의 모습과는 사뭇 동떨어진 '혼자 사는 직장녀'라는 것. 세상의 기대치에 미치지 못하는 내 모습에 스스로 떳떳하지 못한 것이 아닐까.

　남편도 있고 아이도 있는 마흔 살 여자는 나이를 말하는 게 부끄럽지 않을 것 같다. 틀림없이 그렇다고 생각한다. (남편도 있고 아이도 있는 내 친구 K가 말하지 않았던가! 마흔이 넘어서 오히려 당당해졌다고.)

난 언제나 비주류가 되는 게 싫었다. 나만의 길을 가고 그런 거? 딱 싫었다. 그냥 많은 사람이 가는 길로 가서 주류에 속해 사는 게 좋았다. 그런 게 좋았다지만 그렇게 산 인생의 결과는 결국 비주류를 넘어 희귀종이 되어 버린 나, 내 나이 마흔 살, 혼자 사는 직장녀.

정말로 멸종위기종이라도 된다면 나라에서 보호해줄텐데 그것보단 기초생활수급자가 되는 것이 빠르고 현실적일 것 같은 자괴감이 든다.

지금까지 열심히 산다고 살았는데. 살다 보니 이렇게 된 걸 어쩌란 말이냐.

돌이켜보면 나이에 대한 부끄러움은 이미 몇 해 전부터 시작되었던 것 같다. 마흔이 가까워 오던 30대 후반에 심하게 땅굴을 파던 시절이 있었다. 하루 종일 세상 사람들의 차가운 시선을 견뎌내고 아무도 없는 집에 돌아와 홀로 땅굴을 파고 그 속에 웅크리고 앉아 있었다.

'이 나이에 새로운 만남이 무슨 소용이며, 언감생심 연애는 무슨 연애냐.'

언감생심. 정확한 뜻풀이도 사전에서 찾아봤다. '어찌 감히 그런 마음을 먹을 수 있으랴.'란다. 그래, 어찌 감히. 땅굴 속에서 했던 주된 생각은 '어찌 감히'였던 것 같다.

시집 못간 친구들끼리 모여 수다는 떨어봐야 무엇하냐며 한 삽 뜨고, 이 나이에 연애는 해서 무엇하냐며 또 한 삽 뜨고, 면목 없이 엄마 집에는 가서 무엇하냐며 또 한 삽 뜨고, 그렇게 한 삽 두 삽 파내려 간 땅굴은 점점 더 깊어졌다. 그렇게 땅굴 속에서 아무런 관계도 시선도 감정도 없이 지냈다.

돈은 벌어야 되니까 아침이면 어쩔 수 없이 꾸역꾸역 땅굴에서 기어나올 뿐. 땅굴 속에 고양이나 한 마리 키웠으면 좋겠다는 생각을 했다. 혹시 이 글을 읽는 당신도 그런 생각을 하고 있지는 않은지. 나는 실제로 서른여덟 살에 고양이 입양을 감행했었다.

하지만 안타깝게도 3개월만에 고양이 알러지가 발현하여 당장 고양이를 내보내라는 의사의 지시를 받고 말았다. 의사의 지시는 올바른 것이었지만 나는 '냉정하고 싸가지 없는 의사'라고 흥분하며 고양이와 헤어지지 않고 내 병을 고쳐줄 명의를 찾아 헤맸다. 약값으로 수백만 원을 쓰고 고양이 털과 전쟁을 계속했지만 나는 고양이를 포기할 수 없었다. 그러던 어느 날, 한 의사가 나에게 이런 말을 했다.

"자신을 이렇게 아프게 하는 상대를 떠나지 못하는 것은 정신의 문제에요. 자신의 정신 상태와 내면의 문제를 점검하세요."

한마디로 '정신병'이라는 소리를 듣고서야 나는 그야말로 '정신'을 차리고 고양이와 헤어질 수 있었다.

나는 고양이와 헤어지면서 땅굴에서도 나올 수 있었던 것 같다. 땅굴에서 나오고 보니, 이미 마흔이 되어 있었고, 마흔이란 나이에 적응 못한 나는 요즘도 가끔씩 홀로 얕은 땅굴을 판다. 언제쯤 이 낯선 숫자에 익숙해질까?

사람은 누구나 나이를 먹는다. 당장은 마흔이지만, 당연히 쉰 살, 예순 살도 될 것이다. 마흔 살이 이렇게 부끄러워서야 쉰 살, 예순 살에는 어떻게 살란 말인가!

지금까지 열심히 산다고 살았는데, 살다 보니 이렇게 된 걸 어쩌란 말이냐. 나도 뭔가 남들이랑 다르긴 해도 행복하게는 살아야 할 게 아닌가! 땅굴을 파본 자는 알 것이다. 땅굴 속이 일견 편해 보일지라도 사실은 엄청 춥고 외롭다는 것을. 이 마흔 살의 부끄러움을 떨치고 당당하게 행복해질 수 있는 방법은 없을까?

결혼하지 않은 마흔 살 여자를 위한 매뉴얼 같은 것. 그런 게 있으면 참 좋을텐데. 아무런 특기나 장점도 물려받을 유산도 없으면서 결혼도 하지 않은 마흔 살 여자가 땅굴에서 나와서 감히 연애할 마음도 먹게 하는 이야기 말이다.

그런 매뉴얼은 현실에 없겠지? 그래서 비록 매뉴얼도 아니고 아직 땅굴과 땅굴 밖을 오가는 내가 도움이 될까 싶지만 그래도 용기를 내어본다. 같이 잘 살아보자고.

연 애 는 커 녕 ,

아 줌 마 도   아 니 고   아 저 씨 가   되 어 가 는   중

지금 내가 쓰고 있는 글들이 한 권의 책이 되었다고 할 때 얼마나 많은 사람들의 공감을 얻을 수 있을지 궁금한 마음에 온라인 서점을 뒤지며 '서른'과 '마흔'이라는 키워드로 검색을 해봤다. 서른을 키워드로 한 책에는 '여자'라는 단어가 종종 보였다. 그렇지만 '마흔'이라는 키워드를 넣자 '남자', '아빠', '엄마'라는 단어만 보였다. 마흔에는 '여자'가 없다.

마흔을 키워드로 검색된 책의 인기순위 Top3는 『마흔에 읽은 손자병법』, 『마흔, 논어를 읽어야 할 시간』, 『마흔 살, 행복한 부자 아빠』였다. 한눈에 봐도 남성을 타겟으로 하고 있다는 걸 알 수 있었다.

40대 여성을 위한 책이 그래도 있지 않을까 계속 검색을 해보니

40대 여성 7명이 함께 쓴 『마흔, 시간은 갈수록 내 편이다』라는 책이 있었다. 나는 즉시 서울시청 도서관으로 달려가 그 책을 읽어 보았다.

'다양한 이력을 가진 40대 여성들이 제2의 인생을 시작하며 진짜 나를 찾아가는 분투기'

이야기는 책 표지에 쓰여진 한 줄 요약 그대로였다. 그런데 막상 내 입장에선 쉽게 공감이 되지 않았다. 7명의 여성 대부분이 가정을 이루고 아이를 키우며 워킹맘으로 열심히 살다가 이제 진짜 내가 하고 싶은 일을 찾아가는 이야기였기 때문이다.

그분들의 자아 찾기는 그동안 워킹맘으로 고군분투한 세월에 대한 보상처럼 보였다. 그분들이 하던 일을 그만두고 새로운 공부를 시작하는 이야기가 나올 때 '이렇게 도전하면 되는구나.'라는 생각이 드는 게 아니라 '계속 돈을 벌어오는 남편이 있으니까 가능하지. 뒤에서 계속 돈벌이 하고 있는 남편에 대한 이야기가 없잖아.'라는 생각부터 들었다. 남편이 없는 나에게는 같은 40대지만 남 얘기일 뿐이고 공감이 되지 않았다.

마흔 살이 넘어 아내도 아닌, 엄마도 아닌 여자로 존재한다는 것이 가능하긴 한 걸까. 내가 쓰고 있는 마흔 살의 연애와 사랑, 결혼에 대한 이야기가 책으로 나온다면 그야말로 대한민국 최초가 아닐까 걱정이다.

최초면 좋지 왜 걱정이냐고? 당신이 생각한 사업 아이템이 아직도 세상에 없다면 그건 없을 만해서 없는 거라는 말이 있지 않은가. 마흔 살의 연애와 사랑이란 정말 세상에 없는 초현실적 사건이거나 잘못된 망상이 아닐까. 나는 이 세상에 없는 환상을 쫓고 있는 게 아닐까.

이런 우려를 더 짙게 만드는 것은 그 누구도 아닌 나 자신이다. 한 마디로 나의 내면이 '아줌마'가 아니라 '아저씨'에 가까워지고 있기 때문이다. 마흔 살이 넘도록 남자들과 똑같이 사회생활을 해왔으니 무리도 아닐 것이다. 그 대표적인 현상을 꼽아 보았다.

첫째, 남자를 만나러 나간 자리에서 대화가 아닌 토론을 한다

• 경제 문제

지금의 나에게 대출과 금리는 매우 중요한 사안인지라 소개팅 자리에서 상대방이 금융계통 종사자라는 말을 듣고 미국의 양적 완화 축소에 따른 금리인상, 올해 한국의 금리전망, 대출원금을 최대한 상환하는 게 옳을까 등등 질문이 100가지는 떠올랐다. 생각만 했다면 좋았을텐데 이런 것들이 너무 궁금하여 종알종알 질문을 멈추지 못하는 나를 발견했다. 지금은 다른 이야기를 하자고 속으로 계속 꾸짖어 보지만 역시나 최대 관심사는 대출과 금리! 여성스러운 관심사 따윈 없다!

소개팅 나와서 대출과 금리 이야기만 하고 돌아간 여자라니…. 상대방은 얼마나 재미없었겠는가! 나는 혼자 집으로 돌아오는 길에서야 종알대던 입을 멈추고 조용히 반성했다. 소개팅 자리에서 양적 완

화는 아무리 생각해도 심했다.

• 정권 비판

세월호 문제로 열을 올린다. "저는 딱히 진보다, 보수다 할 만큼 정치에 관심이 있는 부류도 아니에요. 그렇지만 이번 세월호 사건에 대한 정부의 대처방식을 보면서 이번 정권을 강력히 비판하지 않을 수 없어요. 국민을 보호하는 국가가 존재하긴 하는가, 내가 대한민국의 국민으로서 보호받고 있긴 한 건가, 국가가 도대체 국민을 위해서 무엇을 하느냐 말이에요!!!"

나는 이 날도 소개팅에서 돌아오면서 조용히 반성했다. '세월호 사건은 정말 슬픈 일이었어요.' 정도가 좋지 않았을까 하고 말이다.

• 직장 생활

마흔이 넘어서 이직을 하려면 얼마나 어려운지 구구절절 떠들어댄다. "40대, 50대가 직장 생활을 계속 한다는 건 정말 하늘의 별 따기죠. 특히 여자에겐 말이에요. 아, 직장인도 아니신데, 공감 안 되시죠? 죄송해요. 그래도 주변에 직장인 친구 있으시죠?" 종알종알 또 입이 멈추지 않는다.

결국 상대방이 "결혼 생각은 없으신가 봐요?" 하고 물었을 때 띵 하고 머리를 때리는 종소리와 함께 종알대던 입이 멈추었다.

둘째, 아저씨를 위한 책을 읽으며 절절히 공감한다

마흔이라는 키워드로 책을 검색하다가 『아플 수도 없는 마흔이다』는 책을 찾았는데 40대 중에 여자 말고 남자만을 위한 책이었지만 읽다 보니 40대 아빠들의 애환이 가슴에 쏙쏙 들어와 박힌다. 직장 내에서 줄타기의 압박, 퇴직 강요, 사업 실패 등…. 이러니 마누라들이 남편들 바가지를 긁으면 안 된다며 나도 모르는 사이 아저씨로 빙의해 아저씨 편을 들고 있다.

셋째, 그 집 와이프가 삐친 이유를 모르겠다

남자직원들과 친하게 지내다 보면 가끔 부부싸움 이야기를 듣게 된다. 좀처럼 집안 이야기를 밖에서 하지 않는 남자들이 나에게 이런 이야기를 꺼내는 이유는 단 하나 '너는 여자니까 알거 아니냐. 내 와이프가 화난 이유가 뭐냐?'라는 것인데, 재미있는 건 나도 그 이유를 모르겠다는 것이다. 솔직히 '여자가 집구석에만 있어서 그래.' 이렇게 말해버리고 싶은 마음이 든다! 흔해 빠진 아저씨들처럼 말이다! 이런 생각을 하는 나 자신에게 흠칫 놀라며 "미안, 전업주부를 안 해봐서 잘 모르겠다."고 이실직고하는 수밖에 없다.

정말 늙어서 뭐가 되려고 이러는지 모르겠다. 아내도 아닌, 엄마도 아닌 여자가 마흔 살이 넘어서도 내면의 여성성을 지키는 일은 정말 쉽지 않은 것 같다. 대부분의 여자 동료들이 가정으로 돌아가고 남자들만 남아서 득실대는 직장에서 꿋꿋하게 버텨나가야 하니 어쩌면 당연한 결과인지도 모르겠다. 생각해 보면 남자들 사이에서 버티고 있는 건지, 남자 동료들이 더 편하기 때문에 남자 동료를 선택한 건지 혼란스럽기도 하다. 여자 동료라고 해봐야 대부분 워킹맘이라서 함께 있어도 육아라는 관심 밖의 소재로 거의 대화를 하기 때문에 함께 있으되 영혼은 없는 상태에 빠져버리기 일쑤다.

임신과 출산에 대한 모험담을 들어야 하는 것은 경험하지 못한 타인의 모험담이라는 측면에서 남자들의 군대 이야기만큼이나 공감되지 않고 재미없지만 문제는 군대 이야기를 하는 남자에게는 면박이라도 주어 멈추게 할 수 있지만 임신과 출산을 이야기하는 여자에게는 면박을 주어 멈추게 할 수 없다는 것이다. 그런 짓을 했다가는 아마 천하의 몰지각하고 인간미 없는 여자로 낙인 찍혀 회사에서 매장될지도 모른다.

정말 늙어서 뭐가 되려고 이러는지 모르겠다.

한마디로 여자인 내가, 여자들은 불편하고 배려해줘야 해서 귀찮다는 생각을 하고 남자 팀장들이 왜 여자 팀원 들이기를 불편해 하는지 그 마음 내가 이해한다며 두둔하고 나서는 것이다. 여자인 내가 회사를 차린다면 여자들은 안 뽑겠다고 생각하기도 했다.

한 가지 더 고백하자면, 10년 전쯤이었나 내가 대단한 커리어 우먼인 줄 알고 열심히 일하던 때의 일이 떠오른다. 하루가 멀다 하고 야근과 철야가 이어지던 시기였는데 매일 매일 칼퇴근을 하고 부풀어 오른 가슴을 책상 위에 걸쳐 놓고 일을 하는가 하면 아둔한 몸놀림으로 사무실을 어슬렁거리며 업무처리도 느렸던 임신한 여자 동료가 있었다. 나는 속으로 그녀를 엄청 욕하고 미워했다. 임신이 벼슬이냐며 내가 왜 저 여자 몫까지 야근을 대신해야 하냐며 억울해 했다. 그때는 이해할 수 없었지만 지금 돌이켜 보면 실제로 그녀는 어슬렁거리지도 업무가 느려터지지도 않았을지 모른다. 그냥 내 눈에 그렇게 보였던 건 아닌지 모르겠다.

그녀가 했던 임신을 10년 후에도 못하고 있는 나는 지금 그녀에게 어떤 모습으로 비쳐질까? 문득 궁금해졌다.

아줌마가 되지 못하면 아저씨가 될 수밖에 없는 이 현실, 나에게 또 다른 선택지는 없는 것일까? 아줌마도 아저씨도 아니고 그냥 여자로 존재하고 싶다. 마흔 살만이 아니라 쉰 살에도 예순 살에도….

나 에 게 도

연 애 에 대 한 판 타 지 는 있 다

현실에서 연애하기 힘들어 땅굴만 파는 40대지만 드라마 속 40대
는 다르지 않을까. 위안거리를 찾아 과연 40대의 연애를 소재로 하는
드라마가 있기나 할까 생각해보았다. 30대를 응원하거나 위로하는
드라마나 영화, 책 등은 많이 있지만 40대를 소재로 하는 작품들은
아직 국내에는 많이 없는 것 같다. 그 와중에 떠오른 작품이 바로 일
본 드라마 〈어라운드포티(Around 40)〉였다.

서른아홉 살의 정신과 의사 '사토코'와 여섯 살 연하 임상 심리사가
사랑하게 되는 이야기로, 주변에 훈남은 고사하고 그냥 남자사람도
찾기 힘든 현실 속에서, 서른아홉 살 노처녀가 훈훈한 서른세 살에게
프로포즈를 받는다는 희망 찬 결말로 시청자들의 사랑을 받았다. 제

작진이 40대에게 꿈과 희망을 주려고 한 건지는 모르겠으나 서른아홉 살 노처녀가 이토록 훈훈한 연하남에게 프로포즈를 받다니! 이것은 〈반지의 제왕〉 이후 최고의 판타지라 부를 만하다. 게다가 노처녀의 대명사인 〈브리짓 존스의 일기〉 속 브리짓 존스가 겨우 서른둘이었던 걸 생각한다면, 노처녀의 나이 설정이 서른아홉 살로 올라간 것만으로도 당시로서는 장족의 발전이라 할 수 있었다.

드라마의 성공 덕분에 일본에서는 '아라포'라는 신조어까지 생겨났다. 40대에게 "아라포네요!"라고 말하면 '열심히 살아가는 40대'라는 의미로 응원이나 칭찬의 메시지가 되었다. 그 후로 일본에서는 40대 남녀를 주인공으로 한 드라마들이 꽤 많이 나오기 시작했다.

드라마 속 마흔 살 여자들의 연애는 연하남, 불륜남, 사별남까지 참 다양하게 그려진다. 현실 속 마흔 살 여자들은 어떤 연애를 하며 살아가고 있을까? 연하남은 고사하고 불륜남이고 사별남이고 아예 아무도 없는 게 우리의 현실인 듯한데? 드라마와 현실의 이 엄청난 간극이여! 웃을 일이 아닌데 웃음이 난다.

게다가 드라마 속 마흔 살 여자들은 죄다 의사, 약사, 편집장, 부장 타이틀을 갖고 있다. 어쩌면 이렇게 다들 훌륭하신지. 나 같은 개미를 양껏 주눅들게 만든다. 그렇지만 나처럼 별 볼일 없는 40대 미혼녀에게도 연애에 대한 판타지는 있다. 욕먹을 각오로 밝혀본다.

일전에 코스모폴리탄의 섹스칼럼니스트였던 곽정은 씨가 공중파에 나와서, 어느 가수를 보면서 '저 남자 침대에서 어떨까'라는 생각을 한다는 발언을 해 엄청나게 욕을 먹는 걸 봤다. 공중파에서 적절하지 못한 발언일 수는 있으나 그녀는 원래 그런 걸 이야기하는 게 직업이고 그런 그녀를 초대했을 때 제작진이 수위조절을 했어야 한다는 것이 나의 생각이다. 그런데 사람들은 일방적으로 그녀에게 엄청난 욕을 퍼부어댔다. 늙은 게, 이혼한 게, 밝힌다, 추하다, 악플의 수위가 꽤나 높았다. 그녀가 안쓰러웠다.

욕을 먹어야 하는 건 늙어서도 사랑 운운하는 우리가 아니라 마흔이라는 나이에 불혹(不惑)이라는 한자를 붙인, 바로 그 인간이다!

나는 그녀보다도 세 살이나 더 '늙었고' 연예인도 아닌 회사 사람을 보면서 '저 남자 침대에서 어떨까'라고 생각해 본 적도 있다. 심한 욕설을 얻어먹은 그녀와 내가 다를 게 무얼까. 굳이 찾자면 내가 더 추하다는 것 정도일까.

사람들은 나이 든 여자가 사랑과 연애를 이야기하는 것에 너그럽지 않은 것 같다. 이는 비단 여자만의 이야기는 아니다. 남자도 마찬가지다. 뱃살이 벨트를 먹어버린 중년 아저씨가 사랑과 연애를 이야기한다? 곧바로 주접이나 주책이라는 반응이 따라올 것이다.

나도 어릴 땐 그렇게 생각했다. 그런데 말 그대로 '늙어 보니' 그게 아니다. 욕을 먹어야 하는 건 늙어서도 사랑 운운하는 우리가 아니라 마흔이라는 나이에 불혹(不惑)이라는 한자를 붙인, 바로 그 인간이다! 차라리 불면 혹 날라가서 '불혹'이라는 말이 더 설득력 있게 느껴진다.

물론 나이를 이만큼이나 먹었으니 생각을 쉽사리 행동으로 드러내는 그런 무모함이나 경솔함이야 없겠지만 유혹을 느끼지 않는 건 아니라고 생각한다. 그리고 결혼을 했든 안 했든, 나이가 몇이든 간에, 사랑과 연애에 대한 설렘과 환상은 인간이라면 영원히 품고 가는 것이라고 생각한다.

특별할 것도 없는 나의 연애 판타지 몇 가지를 이야기하려고 이렇게 긴 서론을 쓰다니. 욕먹을 각오로 쓴다면서 사실은 욕먹기 엄청 싫었던 모양이다.

자, 이만큼 자락을 깔았으니 이제 슬슬 풀어 볼까? 생각만 해도 설레는 나의 연애 판타지 그 첫 번째!

1. 까치발

이 글을 쓰기 시작하면서 몇 해 전 내가 블로그에 썼던 연애소설 '소설김명자'를 다시 읽었는데 거기에 유난히 까치발이 많이 등장한다는 사실을 알았다. 나는 까치발에 대한 판타지를 가지고 있었던 것이다!

"수현은 깊게 고개를 숙이며 내 몸을 끌어올렸다. 까치발이 된 나는
수현의 목을 감싸 안으며, 더욱 더 그에게 파고 들었다."
"그녀가 나에게 달려와 안기며, 귀여운 까치발을 들어 나에게 입맞춤
을 할 것 같은, 그런 환영을 떠올리고 있었다."

내가 그토록 키 큰 남자에 집착했던 것도 바로 이 '까치발' 때문이
었다는 걸 깨달았다. 내 키가 165cm니까 하이힐을 합치면 173cm에
까치발까지 합치면 180cm를 육박하니 이걸 만족하려면 남자는 적
어도 180cm 이상은 되어야 한다는 결론. 그런데 국가별 남자평균 키
를 보면 아래와 같다. 표에서는 우리나라가 174.5cm로 나와 있지만
2013년 12월 31일 징병검사과에서 내놓은 자료에선 징병대상자들
의 평균키는 173.6cm이다. 더 찾아보지 말 걸 그랬다.

미국	178.0cm
영국	177.8cm
프랑스	177.0cm
독일	178.0cm
네덜란드	182.9cm
이탈리아	176.2cm
일본	171.5cm
중국	172.7cm
북한	165.6cm
우리나라	174.5cm

국가별 남자 평균 키

자자, 이쯤 되면 다 함께 떠나자, 네덜란드로! 현실이야 어떻든 이 건 어디까지나 판타지니까 상상이야 내 맘대로 할 수 있는 거 아냐? 그리고 드라마나 영화에도 많이 나오지 않는가. 여자가 까치발을 들 어 키스하는 장면. 너무 예쁘잖아. 영화 〈봄날은 간다〉에서 상우(유지태)가 은수(이영애)를 들어올리듯 끌어안는 장면 말이다. 그래서 아직 도 까치발을 들 수 있게 해주는 남자를 찾고 있냐고?

에이, 뭘 그런 걸 물어봐. 현실은 잊기로 해, 이건 그냥 판타지야.

2. 백허그

더할 나위 없는 행복을 표현할 때 '등 따시고 배부르다.'라는 말 이 있다. 여기서 말하는 '등 따시고'의 로맨틱 버전이 바로 백허그라 고 생각하는데, 등으로 전해지는 온기가 주는 안도감, 보호받고 있다 는 정서적 안정감, 귓가에 전해지는 숨결의 따스함까지 백허그를 싫 어하는 여자는 아마 없지 않을까. 그 중에서도 떠나려는 연인을 붙잡 는 '가지마 백허그' 이런 거 좋다. 어디선가 아직도 정신 못 차렸냐는 모친의 목소리가 들려오는 듯하다. 이별은 더 이상 하고 싶지 않지만, '가지마 백허그'는 한번 해보고 싶은 나, 변태인거니.

3. 벽 치기

요즘 일본에서 카베돈(壁ドン)이라는 유행어가 있는데, 카베는 '벽', 돈은 '벽을 칠 때 나는 소리'를 표현한 말로 우리말로 옮기면 '벽 치기' 정도에 해당한다. 흔히 순정만화나 드라마에 등장하는, 여자를 벽에 몰아넣고 남자가 벽을 치는 행동을 뜻한다. 아래에 관련 기사 한번 읽고 가자.

일본 지바현에서 지난달 개최된 '도쿄 게임쇼 2014' 행사장. 연애게임을 개발하는 '볼티지'라는 회사가 준비한 체험 부스 앞에서 젊은 여성들의 환호성이 연신 흘러나온다. 행사장에선 여성들이 키 180㎝를 넘는 장신의 미남 모델로부터 실제 카베돈을 받는 행사가 진행되고 있었다. 여성들의 반응은 폭발적이었다. 〈출처: 한겨레신문〉

이런 행사가 있는 줄 알았으면 나도 참가하는 건데 몰라서 못 가다니 아깝고도 아쉽도다. 더불어 카베돈에 대한 환상을 가지고 있는 게 나 혼자가 아니라는 사실이 이렇게 고마울 수가 없다. 그런데 이게 드라마 속 남자 주인공들이나 하는 거지 어설프게 따라 했다간 귀싸대기나 정강이를 걷어차일 수 있는 바, 현실에서 카베돈을 구사하는 남자를 만나기란 쉽지 않다. 그만큼 연애 판타지계의 희귀품이라 할 수 있겠다. 하지만 이런 신조어가 만들어지는 것만 봐도 수요가 많다는 걸 알 수 있듯이 남자들이 카베돈을 더 적극적으로 시도해 보면 어떨까? 의외로 성공확률이 높을지도 모른다.

　한참 쓰다 보니 네가 말하는 연애 판타지가 이거였냐며 서론 길게 깔더니 고작 이거냐며 저 멀리 어디선가 남자들의 비난 소리가 들리는 것 같다. '네가 10대 소녀냐, 순진한 척 하고 있네.' 등등 누군가의 목소리로 음성 지원되는 듯하다.

　순진한 척? 당연히 아니다. 마흔에 순진한 척이 보기 좋을 리 없지 않은가! 연애 판타지라고 하니까 야하고, 더럽고, 끈적한 걸 생각한 사람이 있는지 몰라도 야한 걸 쓸 줄 몰라서가 아니라, 그런 것보다도 이런 소녀적 설렘이 더 좋기 때문이다. 이런 소녀적 설렘은 모든 연령의 여성이 갖고 있는 보편적 감성이라 생각한다. 진짜다. 남자는 숟가락 들 힘만 있어도 어쩐다고, 하는 말이 남자들에게 보편이듯이, 아무리 나이 들어도 순정만화를 꿈꾸는 게 여자의 보편이 아닐까. 남자들은 여자가 나이가 들면 백허그보다는 후배위를 좋아할 거라 착각하는 경우가 많은 것 같다. 하지만 천만의 말씀, 남자들의 그런 착각이 여자에게 상처를 주는 실수를 부르기도 한다.

　'아직도 철이 안 들었냐.'라든지, '이러니 혼자 살지.'라든지 어떻게들 생각해도 좋다. 상상만으로 즐거운 판타지 여행, 신나는 현실도피만으로도 행복한 게 사실이다.

그 남자,
집은 있대?

　　결혼을 준비하고 있는 직장 후배가 이런 고민을 이야기했다. 남자
친구가 집이 있기는 한데 그 집에 대출이 7천만 원 남아 있다는 것이
다. 후배는 결혼 전에 그걸 다 갚고 결혼했으면 좋겠다고 남자친구에
게 이야기해도 될지 고민하고 있었다. 한마디로 본인은 그 대출상환
에 참여하고 싶지 않다는 것이다. 나는 솔직히 대답해 주었다. 남자친
구에게 그런 말을 했다간 '뭐 이런 여자가 다 있냐.'며 당장 너를 떠날
거라고 말이다.

　　후배는 30대 중반이고 남자친구도 고작 두 살 연상이라고 했다.
30대 중반에 그런 고가의 아파트를 장만하다니 내가 보기엔 매우 훌
륭한 남자였다. 내 짐작으로 그 아파트는 최소 5억이다. 그 중에 고작

7천이 대출이라면 4억 3천을 가진 셈인데 직장인이 그것도 30대 중반에 4억이 넘는 돈을 마련한다는 것은 거의 현실적으로 불가능해 보일 정도로 대단한 일이다. 10년을 일 했다고 하면 1년마다 4천만 원 이상을 모았다는 것인데 그게 가능한 액수냔 말이다. 그 남자친구가 연봉이 매우 높아 그 돈을 혼자 다 모은 것인지, 부모의 도움을 받은 것인지 모르지만 어느 쪽이라 해도 매우 훌륭한 사례라는 사실은 변함이 없다. 그런데도 대출 7천만 원이 불만이라니 이해할 수 없다. 그 돈이 아파트 구매가 아니라 남자가 혼자 술 먹는 데 쓴 돈이라면 이해를 하겠다. 여자가 남자에게 바라는 경제력은 도대체 어디까지인가.

그저 저 남자도 딱 나 정도 가지고 있으려니 하면 정답이다.

20대 때 연애를 하면 '잘생겼어? 키 커?'라는 질문부터 나오는 듯이 나이 들어 연애를 하면 대부분이 남자의 경제력을 가늠하는 질문들이 쏟아진다. 어디 다녀? 집은 있대? 어디에 있대? 서울이래? 경기도래? 안정적인 직장을 다니고 집 한 채 정도 가지고 있는 것이 경제적으로 안정되었다는 소리를 들을 수 있는 최소의 조건인 모양이다.

그런데 아무리 여자는 외모, 남자는 능력이라지만(내가 예쁘지 않아서 너그러운지는 몰라도) 남자들에게 기대되는 이런 경제력이 참으로 비현실적이라는 생각이 든다. 나도 어릴 때는 몰랐다. 그땐 나도 마흔 살 넘은 아저씨가 집이 없으면 가난한 사람이라고 생각했을지도 모르 겠다. 그런데 내가 이 나이 되도록 직장을 다니며 돈을 모아 보니 해마다 몇 천만 원씩 저축을 한다는 것이 얼마나 어려운 일인지 실감하게 된다. 직장인의 경제력이란 너무나 뻔한 계산 아래 있다는 것이다. 특별히 자기사업에 성공한 경우나 부잣집 도련님이 아니라면 말이다. 그저 저 남자도 딱 나 정도 가지고 있으려니 하면 정답이다. 연애와 결혼에서 남자의 능력을 보지 않는 것은 아니지만 그 기대치를 현실화 시킬 필요는 있어 보인다.

얼마 전에 학교 모임을 나갔는데 나보다 한 살 어린 후배가 사귀고 있는 남자가 화제의 중심에 올랐다. 남자가 세 살인가 많다고 했던 것 같다. 그 남자는 결혼경력이 없다고 했다. 그런데 그게 더 문제가 되었다. 결혼경력이 없는 것이 사실일까, 남자가 마흔이 넘도록 한 번도 결혼하지 않는 경우는 드물지 않냐, 이혼했다고 하면 차라리 이해하겠다. 한 줄로 요약하면 '그 남자는 왜 아직까지 혼자인가?'라는 것인데 절대로 정답을 찾을 수 없는 화제에 온갖 추측이 오갔다.

평생 잊지 못할 여자와 사랑에 실패한 것이 아니냐, 건강에 문제가 있는 것이 아니냐, 경제적으로 큰 문제가 숨겨져 있는 것이 아니냐, 시어머니가 복병인 거 아니냐, 커밍아웃 못한 게이가 아니냐는 주장까지. 다들 상상력이 풍부하다. 나는 화제에 오른 남자가 측은한 생각마저 들어서 "그러는 너는 왜 혼자냐, 결국 똑같은 거 아니냐?"고 반문했는데 후배의 대답이 "여자는 그럴 수 있다."는 거다. 여자는 마흔이 넘도록 결혼하지 않아도 정상이고 남자는 비정상, 뭔가 문제가 있는 것이 아닐까 라는 추측이었다. 재미있는 건 약간 수긍하는 분위기가 그 자리에 만들어졌다는 사실이다.

이럴 땐 남자들이 참 불쌍하다. 비현실적 경제력도 요구받는 데다가 마흔 넘어 결혼을 안 하면 문제 있는 사람 취급을 받으니 말이다. 그런데 이혼했으면 이혼한 대로 왜 이혼했을까를 가지고 온갖 의심의 화살을 날리지 않았을까. 여자가 이혼을 하면 피해자, 남자가 하면 가해자라는 여자들의 피해의식이 은연중에 깔려 있는 것일까. 그래서 진상을 규명하려고 드는 건지도 모르겠다.

이렇게 놓고 보면 마흔의 연애에 봐야 하는 조건은 남자의 경제력 그리고 왜 혼자인지에 대한 납득 가능한 이유가 되는 건가. 두 가지 다 무시할 수 없는 조건이지만 경제력은 조금 더 현실적인 선에서 상의하는 게 옳을 것 같고, 혼자인 이유는 사귀면서 스스로 파악하는 게 좋지 않을까 한다. 상대방에게 꼬치꼬치 캐물어서 대답을 듣는다 한들 그 답을 믿을 것인가의 문제가 또 남기 때문이다. 그리고 내 생각에 이제는 남자고 여자고 마흔 넘도록 한 번도 결혼을 안 해도 그냥 평범이자 정상이다. 여자들도 서른다섯, 여섯까지 결혼을 안 하는 게

'어린애들도 아니고'라거나 '나이 들어서 무슨 그런 걸…'이라며 심드렁한 남자를 이해해야 하는 걸까?

흔한 요즘, 남자 나이 서른여덟, 아홉 넘기고 나면 금방 마흔인 것을.

내 생각에 마흔 살 남자에게 요구해야 하는 것은 경제력에 앞서 사랑하는 여자를 향한 열정이다. 여자의 집이 아무리 멀어도 데려다 주려고 애를 쓰는지, 한밤 중에 보고 싶다며 여자의 집까지 달려 오는지 말이다. 마흔을 넘긴 남자와 데이트를 해본 사람이라면 알 것이다. 다들 얼마나 바쁘고 피곤해 하는지 말이다. 다음 날의 체력을 위해 얼마나 몸을 사리는지, 생활 리듬을 깨지 않으려고 얼마나 조심하는지 말이다.

남자친구의 연령이 올라갈수록 그 사람의 뜨뜻미지근한 연애 태도가 '그럴 수도 있다.'며 받아들여지는 경우가 많은 것 같다. '어린애들도 아니고'라거나 '나이 들어서 무슨 그런 걸….'이라는 이유로 그 남자의 심드렁함이 다 용서가 되기도 한다. 신체 나이에 따라 체력이 떨어지는 것은 이해하나 여자를 사랑한다면 사랑하는 사람을 향한 열정만큼은 어린애들과 다를 것이 없다고 생각한다. 만성피로로 체력이 안 된다면 분명히 뭔가 다른 방법이 있을 것이다. 하다못해 손에서 놓지 않는 휴대전화도 있지 않은가!

그리고 상대와 결혼까지 생각한다면 생각해 봐야 할 조건은 내 가족과 얼마나 잘 어우러질 수 있는 사람이냐 하는 것이다. 비슷한 환경의 사람끼리 결혼해야 잘 살 수 있다는 말은 나이가 들수록 정답이라는 생각이 드는데 비슷한 환경의 사람인지 아닌지를 가늠할 수 있는 척도가 바로 우리 가족과 잘 어울리는지가 아닐까.

남자에게 집이 있는지 없는지보다는 나를 위해 얼마의 시간을 쓰는지, 내 가족의 한 사람으로 자연스럽게 녹아들 수 있는지를 먼저 생각해 보는 게 어떨까. 우리는 스물도 서른도 아닌 마흔이니까 말이다.

만남에도
먹이사슬이 존재한다

어느 날 대학동창 C가 슬픈 목소리로 하소연을 했다. C는 동기인 K가 이혼을 하게 되어 혼자 아들을 키우며 힘들게 살고 있다는 소식을 듣고 K를 찾아갔다고 한다. 그런데 K가 자신의 친오빠를 C에게 소개해주겠다고 적극 나서더라는 것이다.

문제는 K의 친오빠 역시 초등학생 아들을 데리고 이혼한 상태였던 것. 한 번도 결혼경력이 없는 C는 당황했다. 하지만 대놓고 싫은 티를 낼 수 없었다. 왜냐면 친구 K 역시 혼자 아들을 키우고 있는 상황이었기 때문이다.

나는 졸업하고 K를 한 번도 만난 적이 없지만 대학시절 K의 성격으로 유추해보건데 K는 분명 친오빠에게 좋은 여자를 소개해주고 싶은 순수한 마음에서, 아직도 혼자인 C를 위해서, C가 정말 좋은 여자라서 주선에 나서려 했던 것으로 여겨진다.

그렇지만 심히 당황했을 C의 마음도 백번 이해가 되었다. C의 마음 속에서는 '나는 이제 애 딸린 이혼남이나 만나야 하는 건가?'라는 자괴감이 들었을 것이다. 그렇지만 바로 그런 애 딸린 이혼녀가 되어 있는 친구가 상처 받을까봐 티는 낼 수 없고, 애 딸린 이혼녀가 되었을지언정 친구 K는 여전히 소중하지만, 정작 자신은 '그 따위 인생'에는 엮이고 싶지 않은 양가감정에 휩싸여 혼란스러웠을 것이다.

C에게 이런저런 말로 위로를 건넸지만 나 역시 마음이 복잡했다. 이게 꼭 위로 받을 일인지, 마흔 살씩이나 먹도록 타인의 인생에 대한 포용력이 보잘것없는 수준이라서 그런 건 아닌지, 단순히 K가 못 말리는 주책바가지인 것인지. 한 가지 명확한 것은 이 나이 먹도록 혼자이다 보면 상상도 못했던 이런 대화의 주인공이 되기도 한다는 것뿐이었다.

마흔이 넘고 보니 아이를 낳고 키우다가 혼자가 되는 지인들이 하나둘 늘어간다. 얼마 전 학교모임에 나갔는데 20대 젊은 나이에 남편과 함께 미국으로 건너가 일찌감치 두 아들을 낳고 행복해 보이던 후배가 두 아들을 시댁에 남겨두고 혼자 몸이 되어 돌아와 있었다.

우리는 입을 모아 한 목소리로, 애는 두고 나오길 잘했다고, 헤어지면서 애 데리고 나오는 여자가 세상에서 제일 멍청한 여자라고, 양육비 지급에는 강제성이 없는 거 아냐고 애 데리고 나오면 금새 거지된다고(냉혹한 현실 앞에 모성애고 뭐고 온데간데없다.) 너도 새사람 만날 수 있다고 너의 인생을 살라고 한껏 격려를 해주었다.

그런데 웃긴 건 마주한 사람의 상황에 따라 그때그때 말이 다 바뀐다는 것이다. 아이를 두고 혼자된 후배 앞에서는 새사람 만날 거라 격려를 하면서도, 아이가 있는 남자를 만나는 친구에게는 너 미쳤냐며 네가 뭐가 못나서 애 딸린 사람을 만나냐며 180도 태도를 바꾼다. 도대체 뭘 어쩌고 싶은 건지, 대체 어느 쪽이 진심인 건지 나조차도 도저히 알 수가 없다.

얼마 전, 직장동료였던 L과장과 점심을 먹는데 그녀의 언니가 동료 교수와 결혼을 했다는 것이다. 그래서 하루아침에 대학생 조카가 생겼다고 했다. L과장이 나보다 세 살이 어리니 그녀의 언니는 나와 비슷한 또래였을 것이다.

L과장은 자신은 그런 것에 전혀 편견이 없다고 평생 결혼 못할 줄 알았던 언니가 결혼을 하게 된 것을 온 가족이 축복해 주었고, 다 큰 조카가 생긴 것도 아주 기쁘다고 했다.

3년 전이었나, 전 직장 동료들 사이에 빅이슈가 있었는데 사내에 대표적 노처녀였던 Y부장이 사람들에게 알리지도 않고 소리 소문 없이 며칠 휴가를 낸 사이 결혼을 하고 돌아왔다는 것이다. 소문은 재빠르게 퍼져 이미 회사를 그만둔 나에게까지 구체적인 소식이 전해졌다. 상대 남자는 이미 쉰 살이 넘었고 대학생 아들이 있다고 했다.

직장동료였던 30대 중반의 S대리는 40대 후반의 이혼남을 만나고 있는데 그냥 이혼남이려니 했으나 알고 보니 역시 대학생 아들이 있다고 했다. 그들은 여전히 잘 만나고 있고 결혼도 생각하고 있다고 한다.

상대에게 자녀가 있어도 이미 성인이 된 경우는 오히려 괜찮은가보다. 이런 경우가 내 주변에서만 이 정도로 많은 걸 보면 말이다. 그렇다면 역시 '남의 자식'을 양육하는 부담이 가장 큰 문제가 된다는 것인데 그래서 '남의 자식을 키울 팔자'라는 모진 말도 생겨난 모양이다.

아이를 두고 혼자된 후배 앞에서는 새사람 만날 거라 격려를 하면서도, 아이가 있는 남자를 만나는 친구에게는 너 미쳤냐며 네가 뭐가 못나서 애 딸린 사람을 만나냐며 180도 태도를 바꾼다.

몇 해 전, 지인으로부터 어떤 분을 소개 받았는데 내 평생에 처음으로 '대화가 통하는 남자'라는 느낌을 주는 분이었다. 이야기를 나누는 것이 즐거웠고, 평소에 별로 말할 기회가 없는 속 깊은 이야기까지 자연스럽게 풀어내게 되는 묘한 편안함이 있는 분이었다. 그런데 여기서 반전은, 그 분에게 다섯 살 난 딸이 있었던 것이다.

헤어진 부인이 양육을 하고 있었고, 하지만 소개한 지인도 그런 사정까지는 알지 못해 나에게 미처 알려주지 못했던 것이다. 아이에 대해서 한 번도 생각해 본적이 없던 나는 그 후 서둘러 관계를 끝내 버렸다.

지금에 와서 돌이켜보면 그렇게 서둘러 관계를 끝내 버렸던 게 잘

한 일이었는지 잘 모르겠다. 당시에는 일말의 망설임도 없었다. 그 분이 양육을 하고 있는 상태가 아니었는데도 말이다.

그렇지만 마흔을 넘어 결혼의 의미를 생각하는 지금에 드는 생각은 조금 다르다. 결혼이라는 것을 '한 남자와 사는 것'이라고만 생각하지 않고 '배우자와 자녀가 있는 가정을 이루는 것'이라고 생각하면 상대를 바라보는 시각이 조금 달라지지 않을까?

가족의 중심은 부부이고, 부부는 비혈연관계이다. 그렇다면 부모와 자식간 역시 비혈연관계라 해도 그것이 가정을 이루는 데 치명적 결함은 아니지 않을까. 물론 아이를 낳아 본 적도 없는 내가 이런 이야기를 하는 것이 부담스럽고 경험도 없으면서 이상론을 펼친다고 비난을 받을 수도 있겠지만 우리는 스물도 아니고 서른도 아니고, 마흔이지 않은가!

40년이 넘게 살아온 인생의 무게를 존중하고, 그가 살아온 인생의 흔적을 받아들이고 관계에 대한 성숙된 의식을 지니고 결혼을 타자간의 결합으로 인지하는 그런 엄청나게 어른스러운 마흔 살이니까.

만남에도 계급이 있다. 한 번도 결혼하지 않은 사람이 제일 위, 한 번 결혼했던 사람이 그 아래, 결혼해서 아이까지 있으면 제일 아래 계급이다. 이혼자는 초혼자에게 차여도 할 말이 없고, 아이가 있는 자는 이혼자에게 차여도 할 말이 없다. 냉혹한 만남의 먹이사슬이다. 과연 이 만남의 먹이사슬이 마흔이 넘어서도 유지되는 것이 옳은 일일까? 마흔의 나이에 이혼남은 안 된다, 애 딸린 이혼남은 더더욱 안 된다

등의 결벽증을 유지하는 것이 과연 바람직한 태도일까.

예를 들어 마흔도 넘어 마흔다섯의, 한 번도 결혼하지 않은 사람이 있다고 생각해보라. 그런 사람이 마흔다섯에 한 번 결혼했던 사람보다 특별히 더 잘 살아온 인생이라고 말할 수 있을까? 군이 먹이사슬의 위에 있어야 할 이유가 있을까. 다시 말하지만, 스물도 아니고 서른도 아니고 마흔인데?

지금의 나이에 사람을 소개 받으면서 너무 결벽을 보이는 것도 부자연스러운 것은 아닐까 싶다. 이쯤 되면 서로 자연스럽게 인정해야 하는 경험치라는 것이 있는데 말이다.

'재취자리도 고마운 줄 알아라, 남의 자식을 키울 팔자다.' 등의 모진 비하발언도 문제다. 이혼도 재혼도 모두 다 살아가면서 누구에게나 일어날 수 있는, 특별할 것 없는 삶의 모습으로 받아들여지면 좋겠다. 특별히 팔자가 드센 것도 아니고 유난히 인생이 꼬인 것도 아니다. 물론 나도 아직 자신 없다. 친구 C가 애 딸린 이혼남을 소개받고 자괴감에 빠졌을 때 그 기분에 완전히 공감했고, 두 아들을 두고 이혼한 후배의 새출발이 가능할까라는 생각을 쉽게 떨칠 수 없으니까.

그래도 서른이 아니라 마흔이니까 조금은 더 성숙된 시각으로 세상을 바라보고 싶다. 나 자신을 낮추는 것도, 상대를 낮추어 보는 것도 아닌 그저 다양한 삶의 모습으로 이해하고 존중하면서 더 넓은 마음으로 여러 인생의 모습들을 이해하고 싶다. 그런 속 깊은 마흔이고 싶다.

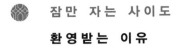

잠만 자는 사이도
환영받는 이유

마흔 살이 되고 보니 잠만 자는 사이도 환영을 받는다.

'잠만 자는 사이, 어떻게 생각하나요?' 내가 불쑥 이런 질문을 던져도 놀라지 않을 지인들만을 골라 설문을 해 보았다.

"나에게 잠만 자는 상대가 있다고 가정해봐, 불륜은 아니고. 둘은 서로 상대방과 결혼할 생각이 전혀 없고, 그런 의사를 분명히 밝히고 만나고 있어. 둘 다 따로 애인이 있는 건 아니지만 다른 사람을 만나는 것에 관여하지 않고 화제삼지 않아. 둘은 1년 넘게 만나고 있지만 주변에 관계를 공개하지도 않아, 그럼 너는 나의 친구로서 나에게 뭐라고 말해줄 거야?"

그러자 이런 답변이 돌아왔다.

"전생에 나라를 구했나!? 복 받은 거다! 완전 부럽다! 그런 상대를 만나는 것도 결혼상대를 만나는 것만큼 쉽지 않다! 적극 찬성한다." (40대 미혼 여자 2명, 남자 2명)

"싱글 생활의 활력을 위해 반드시 필요해. 찬성, 반대의 문제가 아니라 필수요소라고 생각한다."(결혼 10년 차 여자 1명)

"1년 넘게 지속이 된다는 건 애정이 있다는 것이고, 애정에 기초한 사이라면 찬성이다."(40대 미혼 여자 2명)

"남자가 떠나면 혹시 상처 받지 않을까? 그런 상처로 힘들어하지 않을 자신이 있다면 찬성, 특별히 반대할 이유는 없다."(결혼 15년 차 여자 1명)

"너가 좋다면 찬성이지, 무슨 더 할 말이 있나. 본인이 알아서 할 문제지, 남이 언급할 성격의 문제가 아니다."(40대 미혼 여자 1명)

"진정한 배우자를 만나는 데 방해가 될 듯. 당장 헤어지라고 말해주고 싶다."(40대 미혼 여자 1명)

열에 아홉이 찬성을 했다. 적극적인 찬성이 50%, 답변자 대부분이 여성인데도 말이다. 이러한 결과에 대해서 당신은 어떻게 생각하는가? 20대 여자가 같은 질문을 했다면 반대의 결과가 나오지 않았을까?

마흔 살에게 잠만 자는 사이가 허용되는 것은 앞으로 결혼할 가능성이 현저히 낮다는 것을 전제로 하기 때문이라고 생각한다.

싱글 생활의 활력을 위해 반드시 필요하다는 답변을 한 기혼자에게 "진정한 배우자를 만나는 데 방해가 되지 않겠어?"라며 질문을 다시 던졌더니 아주 흥미로운 대답이 돌아왔다.

"기혼자들도 그런 상대를 찾고 싶어하는 게 현실이야. 그렇다면 어느 쪽이 진정한 배우자이고 동반자인지 쉽게 정의할 수 없는 문제야. 하물며 싱글인데 무엇이 문제겠어?"

이것은 잠만 자는 사이에 대한 재조명, 동반자에 대한 새로운 정의인가? 미혼자가 이야기했다면 웃어 넘겼겠지만 결혼 10년 차가 이런 이야기를 하니 뭔가 생각하게 만드는 건 사실이다. 이렇게 흥미로운 시각이 있다고 해도, 아무리 마흔을 넘긴 나이라고 해도 잠만 자는 사이, 이거 정말 환영 받아도 괜찮은 걸까?

가끔씩 황당한 오지랖을 떠는 마흔네 살의 기혼녀가 나에게 이런 말을 했다. 너는 남자친구를 사귀어 호르몬 밸런스만 맞추면서 살면 완벽하다고. 남의 호르몬까지 신경 쓰는 그녀의 오지랖은 접어두기로 하고 인간의 성생활이 건강과 활력에 도움을 준다는 보고가 이미 오래 전부터 있었던 것은 사실이다.

그 유명한 킨제이 보고서(1948년 〈남성의 성적 행동〉, 1953년 〈여성의 성적 행동〉)를 비롯한 연구에서 밝혀졌듯이 오르가슴을 느낄 때 우리 몸은 엔돌핀 수치 상승으로 통증 완화 효과, 글로불린A의 분비로 면역력 증가, 프로락틴의 분비로 긴장감 완화, 에스트로겐의 분비로 피부미용 효과, 혈액순환을 돕고 콜레스테롤 수치를 낮춤, 뇌를 자극하여 치매와 건망증 예방, 우울감과 스트레스 해소 등의 효과까지 얻을 수 있다고 한다.

신체적으로 이러한 긍정 효과를 거둔다고 하더라도 감정과 정서가 육체를 지배하는 여자라는 동물이 '잠만 자는 사이'를 유지하는 것은 어떤 이유일까?

잠만 자는 사이에서 어느 한쪽은 반드시 상대를 사랑하고 있다고 말하는 사람이 있었는데 그렇다면 그건 감정의 동물인 여자 쪽일 확률이 높다. 나도 불과 몇 년 전까지는 반쪽짜리 애정의 문제로 생각했던 것 같다.

그러나 마흔 살도 넘은 지금에 와서 생각해보니 그건 사랑도 아니다. 단순히 욕망의 분리 현상이다. 육체의 욕망과 정신의 욕망이 합을 이루지 못한 것이다. 쉽게 말해서, 결혼하고 싶은 사람과 자고 싶은 사람이 일치하지 못하고 있는 것. 합을 이루지 못한 채 육체는 육체대로, 정신은 정신대로 계속 욕망하고 있는 것이다.

영화 〈결혼은 미친 짓이다〉의 엄정화가 바로 대표적인 케이스. 생각해보면 이런 불일치 속에 갈등하며 살아가는 사람은 참으로 많지 않을까. 다만 영화 속 엄정화처럼 실천에 옮기지 못할 뿐. 결국 대부분의 사람이 적당한 선에서 타협하며 살아가는 것인데 마흔이 넘도록 결혼을 하지 않고 잠만 자는 사이를 유지하고 있다면 그 사람은 웬만해선 타협점을 찾기 힘든 경우일 것이다.

친구 사이를 0, 연인 사이를 1이라고 한다면 그 사이에 0.4도 있고,

0.6도 있고, 0.75도 있고, 0.58도 있고, 무수하게 많은 버전이 가능하다고 하는데 나이가 들수록 0과 1사이의 그 미묘한 지점들에서도 관계형성이 가능하고 또 유지되는 확률이 높아지는 것 같다. 한마디로 이것도 저것도 아닌 관계들이 지속되고 주변으로부터 인정받는다. 살아가다 보니 사람의 마음이라는 게 그렇게 단순하지 않고, 사람의 관계도 그렇게 단순하지만은 않다는 것을 받아들이고 포용하기 때문일 것이다.

몸 따로 마음 따로? 말이 쉽지.

그런데 이렇게 복잡다단한 인간관계 속에서도 중요하게 기억해야 할 한 가지는 단순한 게 최고라는 진리다. 적어도 나는 그리 생각한다. 물론 나도 친구가 잠만 자는 사이를 고민하고 있다면 별반 반대하지는 않을 것이다. 욕망의 분리는 정말 그 욕망을 다 불살라봐야 그때서야 합을 이룰 수 있다고 생각하기 때문이다. 어설프게 충고해봤자 그 친구는 욕망의 질풍노도에 침몰하고 말 테니까.

이놈의 욕망, 빨리 불살라 버리고 결혼에 매진해야겠다고? 욕망을 어떻게 불살라 버릴 것인가, 그건 나도 모르겠다. 상대 남자에게 된통 이별을 당하거나 천한 취급을 받고 충격요법으로 정신을 차린다거나 하는 방법이 통할지도.

내가 던진 처음의 질문에서 핵심은 '잠만 잔다.'는 것이 아니라 사실은 '공개하지 않는다.'는 점에 있는지도 모른다. 앞으로 평생 결혼할 생각이 없다고 해도 마찬가지다. 결혼할 생각이 없으니까 잠만 자는 사이는 필요하고 그러니 유지하겠다? 이런 관계가 환영 받아서는 안 되는 이유는 바로 그 비공개성 때문이다.

세상에 공개할 수 없는 욕망은 결국 인간을 불행으로 이끈다. 잠만 자는 사이라도 좋다. 단, 그것이 가려져 있는 욕망이 아니라는 전제하에. 그런데 과연 그럴 수 있을까? 떳떳하게 드러내지 못할 관계 속에 비겁하게 숨고 있는 것은 아닌지 스스로에게 솔직해질 필요가 있다.

나는 기필코
연애를 해야겠다

결론부터 말하자면 나는 아무래도 연애를 해야겠다. 아니, 기필코 해야겠다. 친구와 이야기를 하다가 시작된 나의 고민이 돌고 돌아 마흔의 연애에 대해 스스로 납득할 만한 당위성을 찾았다. 이 나이의 연애도 부끄러워하지 않고 당당하게 이야기할 수 있는 그런 필연적인 이유 말이다.

어느 날 내가 요즘 쓰고 있는 글에 대해 친구와 이야기를 하고 있었다. 물론 친구도 싱글이다.

"마흔 살의 연애와 결혼, 뭐 그런 이야기들이야."
"성적매력이 뚝 떨어진 40대 싱글녀의 연애와 결혼이라…."

"음…? 성적매력?"

"임신가능성 말이야. 남자의 입장이나 세상의 관점에서 볼 때 연애와 결혼이라고 하면 아무래도 임신가능성이 제일 먼저 떠오르지 않아?"

이것은 가히 충격이라 할 수 있다. 여성의 가치를 단순히 생물학적 기능에 입각하여 판단하는 이런 가치관이 있다는 것을 내가 몰랐던 바는 아니나 친구의 입을 통해서 확인하는 것은 무척 낯선 경험이었다.(친구는 실제로 생물학 분야의 박사학위 소지자다. 나의 소중한 친구는 그런 의미에서 이해하기로 하자.)

나는 고민하기 시작했다. 임신과 출산이라는 기능을 하지 못한다면 연애와 결혼은 아무 의미도 없는 것일까? 사람들이 연애하고 결혼하는 이유가 오직 임신과 출산에 있는 것일까? 생각해보면 모친께서 수없이 말씀하셨다. 여자가 마흔이 넘으면 애를 못 낳아서 맞선도 안 들어온다고. 그러니 친구의 말도 틀리지 않다.

그렇다면 이쯤에서 나는 이미 가치 없는 여자라며 모든 인연의 문을 닫는 것이 옳은 일일까? 임신과 출산이 배제된 여자의 가치가 현저히 낮아진다면 이것은 그야말로 동물의 왕국이 아닌가!

우리는 100세 시대를 살고 있다. 인간의 수명이 연장된 만큼 인간의 사회적 사이클은 모두 늦춰지고 있다. 사회 진출의 시기가 늦어지고, 결혼의 시기가 늦어지고, 정년이 연장되고 있다. 오직 임신과 출산이 사회적 변화를 따라오지 못하는데 이건 그야말로 과학이 해결할 문제 아니겠는가! 친구야, 과학자인 네가 이런 것 좀 연구해서 내 매력 좀 올려주면 안 되겠니?!

임신과 출산은 과학자들에게 맡기기로 하고, 나는 마흔 살의 연애와 결혼이 갖는 사회적 의미에 대해서 다시 고민하기 시작했다.

그저 100세 시대라는 막연한 키워드를 붙잡고 고민하던 나는 한 권의 책에서 그 답을 얻을 수 있었다. 2010년 일본 NHK가 방송하여 일본사회에 큰 반향을 일으켰던 『무연사회(無緣社會) — 혼자 살다 혼자 죽는 사회』 시리즈의 취재 내용을 담은 책이다.

충격적이었던 것은 특별히 실패한 인생이라서 무연사(고독사)하게 되는 것이 아니라, 그들은 지극히 평범한 인생을 살아온 사람들이라는 것이었다. 결혼도 했고 자식도 있지만 배우자가 먼저 세상을 떠났거나 자식에게 짐이 되고 싶지 않아서 홀로 죽어가는 사람들이 많았다. 부모와 자식이 함께 살지 않는 것이 당연해진 사회, 희박해진 혈연, 경제적 부담, 사라진 지역사회의 인연, 고령화, 저출산, 개인주의가 초래한 일본인의 인연을 잃은 죽음은 우리 사회의 미래 모습과 멀지 않아 보였다.

"다른 사람과의 인연이 없어지는 것은 살아 있는 채로 고독사 하는 것과 같은 것이지요. 누구도 관심을 끌지 못하고 자신도 아무런 역할도 하고 있지 않다면 살아 있는 거나 죽는 거나 마찬가지지요. 존재가 없어지는 것과 다르지 않은 것 아닙니까. 그래서 사람과의 인연은 자신의 존재를 확인하는 것이라고 생각합니다."

취재 대상이었던 어느 노인의 인터뷰 내용이다. 인연이 없어지는 것, 정말 무서운 말이 아닌가. 저출산, 개인화에 기여하고 있는 바로 나에게 하는 이야기 같았다. 인터넷이 있고, 휴대폰이 있고, 아무도 만나지 않고 간단하게 혼자 살아갈 수 있게 된 세상, 자꾸만 혼자 사는 게 편하겠다는 생각이 드는 세상, 사람을 만나는 게 귀찮고 거추장스럽게 느껴지는 세상, 그 속에서 '어떻게 혼자 잘 살까?'를 고민하고 있던 나!

그렇지만 명백하게 이건 아니다. 내 한 몸 소중하게 죽고 싶다는 뜻이 아니라, 사회 전체가 이런 방향으로 흘러간다는 것이, 이것이 우리 모두의 미래라는 것이 너무나 슬프지 않은가!

자신의 장례를 부탁하기 위해 조카에서 유산을 남기겠다는 친구가 있었다. 그럼 남길 유산이 없는 나는? 경찰이 와서 치워주겠지? 이건 명백하게 뭔가 잘못된 것 같다.

물론 무연사를 막기 위한 사회적 제도 마련이 필수적이겠으나 그에 앞서 고립을 자초하지 않으려는 개인들의 의지가 중요하다는 생각이다. 40년밖에 살지 않았는데도 연락하며 지낼 사람들이 점점 줄어든다. 우리는 이렇게 수십 년에 걸쳐 서서히 고립되고 있는지도 모른다.

사람을 만나는 게 귀찮고 거추장스럽게 느껴지는 세상. 그 속에서 '어떻게 혼자 잘 살까'를 고민하고 있던 나!

마흔도 되기 전부터 '이 나이에 무슨…'이라는 말을 입에 달고 살며 새로운 '인연'을 위한 노력을 하지 않는다. 마흔쯤 되었으면 이제 그만 노력하면서 살고 싶다고? 앞으로 수십 년이나 더 노력해야 하고 그런 게 너무 싫다고? 응, 나도 좀 그렇다. 그래도 노력해보자. 새로운 '인연'을 위한 노력!

마흔 살의 연애는 이런 '인연'을 위한 노력의 일부라고 생각한다. 노년의 고립으로 가느냐 마느냐의 기로는 마흔에 어떤 마음가짐으로 임하느냐에 달려있는 건 아닐까. 청년도 아니고, 노인도 아니라서 사회의 관심 밖에 있는 40대 싱글들에게 사회가 관심을 갖는다면 고립으로 치닫는 사회 분위기에 변화를 줄 수 있지는 않을까.

마흔 살의 연애는 단순히 차 마시고 영화 보는 수준의 문제가 아니라 앞으로 반백년 동안 이어질 우리의 긴 인생에서 어떠한 '인연'들과 함께 나의 존재감을 유지하며 살아갈 것인가 하는 매우 철학적이며, 실존적인 문제다! 스무 살의 연애는 웰빙하기 위해서, 마흔 살의 연애는 웰다잉을 위해서 하는 것 아닐까? 어느 쪽이든 삶의 연장선상에 있으니 무엇이 더 중요하다고 할 수 없을 것 같다.

마흔 살의 연애는 떨림이 아니라 안정이고, 설렘이 아니라 믿음이며, 느낌이 아니라 소통이고, 의심이 아니라 염려이며, 동침이 아니라

동행하는 것.

　우리의 인생은 우리가 상상한 것 이상으로 계속될지도 모른다. 나이에 관대하지 않은 한국사회에서 우리는 서른 살만 되면 '이 나이에 무슨…'이라는 말을 많이 하는데 이건 평균수명이 60세이던 시절의 사고방식이다. 지금도 이런 생각을 하는 사람이 있다면 그 사람은 끝도 없이 계속되는 인생에서 계속해서 불행해질 일만 남아있을 것이다.

　'이 나이에 무슨'이라고 말하는 순간 그 사람은 패배자가 된다. 마흔이든 쉰이든 이제 그런 말은 맞지 않다. 오늘도 '이 나이에 무슨'이라고 생각하고 있는 당신, 정신 똑바로 차려라, 당신의 인생은 영원처럼 계속될 테니까.

　우리의 마흔은 젊다. 새로운 인연을 위한 기회를 스스로 포기하지 말자. 그리고 연애도 결혼도 당당하게 밖으로 꺼내어 이야기해 보자. 아무리 스스로 당위성을 찾았다고 해도 마흔의 연애와 결혼에 가장 필요한 것은 밖으로 꺼내어 이야기할 수 있는 사회적 분위기인지도 모르겠다. 그런 이야기가 위로가 될 수도 있고 격려가 될 수도 있고 새로운 기회가 될지도 모르며 틀에 박힌 일상에 국면전환을 가져다 줄 계기가 될지도 모르지 않는가. 아무도 이야기하지 않으니까 알지 못할 뿐 꺼내놓고 이야기하다 보면 마흔에 연애와 결혼에 성공한 사람들이 생각 이상으로 많을지도 모른다.

　그런 의미에서 나는 기필코 연애해서 행복사회 구현에 이바지해야겠다!

정말
결혼하고 싶긴 한 걸까?

내가 남들처럼 살고 싶었다고 하면서도, 속 깊은 마흔 살이 되고 싶다고 하면서도, 자식의 결혼을 걱정하는 부모님을 이해하자고 하면서도, 연애로 행복을 도모하자고 외치면서도 정작 결혼이 나의 현실이 된다면 선뜻 그 길을 선택할 수 있을지 의문이다.

30대에는 '결혼을 못하면 어떡하지?'라는 걱정이 컸다면 오랜 시간 혼자 살아온 지금은 '정말로 결혼을 하고 싶긴 한 걸까?'로 걱정의 내용이 바뀐 것 같다. 미래에 대한 불안이 30대보다 더 커지고, 더 가깝게 느껴지는데도 불구하고 말이다.

인터넷에서 어떤 글을 읽었는데 마흔한 살에 늦은 결혼을 한 여자가 아이를 원하지 않고, 재정상태를 공개하지 않으며 혼자만의 시간을 즐기는 '쿨한 결혼관'을 가진 남편 때문에 결혼생활에 외로움을 느낀다며 조언을 구하고 있었다. 수백 개의 댓글이 올라왔는데 주로 여자가 욕심을 부린다, 남편은 문제가 없다는 반응이었다. 고독사를 면하려고 그 나이에 결혼을 했으면 자신의 상황에 만족하며 살아라, 독박육아, 자식 문제로 쓴맛을 봐야 정신을 차리겠느냐, 이렇게 럭셔리한 고민은 처음 듣는다, 독신팔자 상팔자다 등의 댓글에 가슴 한편이 서늘해졌다.

대부분 사람들의 결혼에 대한 기대치가 이토록 낮고 40대 결혼에 대한 이미지가 이토록 부정적이라면 이제 와서 결혼한들 행복해질 수 있을까 하는 두려운 마음마저 들었다. 그야말로 '이제 와서' 말이다.

아무리 여러 가지 결혼관이 있을 수 있다지만 친구처럼 동거하며 각자의 영역을 정확하게 반반씩 유지하는 쿨한 관계가 진정한 결혼일까? 사람들이 뭐라고 하든 이미 마흔도 넘은 주제에 막연하게나마 쿨한 결혼은 진짜 결혼은 아니라고 생각한다. 사람들이 이런 쿨한 결혼을 인정하는 이유는 그만큼 행복한 결혼생활을 유지하는 것이 쉽지 않다는 의미일 것이다. 이렇게 어려운 고난의 길을 가느니 적당히 50대 50의 선에서 타협하고 사는 편도 나쁘지는 않다는 생각들을 하는 게 아닐까. 더욱이 마흔이 넘어 한 결혼이라면 두 사람이 이미 완전한 독립체로 굳어진 상태에서 시작하는 만큼 어떤 변화를 요구하는 것보다 쿨한 결혼이 최선이라는 생각 같다.

쿨한 결혼은 진짜 결혼은 아니라는 생각을 하면서도 행복한 결혼을 위한 조언들을 듣다 보면 '내가 잘 할 수 있을까?' 하는 의문이 먼저 들면서 나부터도 서둘러 쿨한 결혼관으로 타협하고 싶은 마음이 드는 것도 사실이다.

"결혼은 희생이다. 받을 생각 하지 말고 다 내어 줄 수 있는 사람과 결혼을 해라."(내가 기꺼이 희생할 수 있는 그런 큰 사랑을 이제 와서 할 수 있을까?)

"부부는 현재를 공유하고 미래를 향해 하나의 꿈을 이뤄나가는 공동체이다."(이미 오랜 시간 혼자 살아온 내가 완전한 공유를 할 수 있을까. 이 나이 먹도록 내 꿈이 뭔지도 모르는 내가 누군가와 미래를 이야기할 수 있을까?)

"알콩달콩이라는 단어의 귀여움에 속지 마라. 지지고 볶는 인생의 쓴맛을 함께 맛보지 않고서는 진정한 부부가 될 수 없다."(적당히 힘든 길은 피하며 살아온 내가 사람들이 말하는 인생의 쓴맛을 감당할 수 있을까?)

"외롭다고 결혼하지 마라. 결혼한다고 외롭지 않을 줄 아느냐."(처절하게 외롭다는 생각이라도 들었으면 좋겠다. 혼자 집에 있는 걸 제일 좋아하는 내가, 퇴근만 하면 아무도 없는 집으로 귀가를 서두르는 내가 외로움을 알기나 하는 걸까?)

말로만 남들처럼 살고 싶었다고 하면서 실상은 희생도 역경도 요령 좋게 피하면서 나하고 싶은 대로 살아온 건 아닐까. 나에게 큰 사랑이 찾아온다 해도 끝까지 그 사랑을 지켜낼 수 있을까. 이 모든 걸 고민하면서 과연 결혼의 길을 선택할 수 있을까. 고민을 계속 하다 보니 결혼이 하고 싶긴 한데 두려운 건지, 결혼하고 싶지 않아서 안 좋은 이야기들만 귀담아 듣고 있는 건지 구분할 수 없는 지경까지 이르는 것 같다.

정말 결혼하고 싶은지 아닌지 결정할 수 없는 것은 '누구와 할 것인지'가 빠져 있기 때문은 아닐까.

'내가 잘 할 수 있을까?'라는 고민을 하는 것 자체가 결혼할 만한 인간으로 성장한 것이라고 애써 위로를 해보지만 두려운 마음이 쉽게 가시지는 않는다. 결혼생활은 어렵고 만혼이니 더욱 어렵다는 결론이 아니라 결혼생활은 어렵지만 만혼이니까 보다 성숙한 사람들인 만큼 잘 극복해 나갈 수 있다는 결론으로 갈 수는 없을까.

행복한 만혼의 사례가 없는 것은 아니다. 생각해보면 나의 아주 가까운 곳에 모범사례가 있다. 나의 친언니는 마흔두 살에 상대를 만나 1년 반이나 느긋한 연애를 하고 마흔네 살에 결혼을 했다. 언니는 형부를 만나고 사람이 달라졌다. 긍정의 화신이자 행복한 결혼의 상징이 되었다. 두 사람은 결혼한 지 2년이 되었지만 언제나 두 손을 꼭 잡고 다닌다.

결국, 정말 결혼하고 싶은지 아닌지 결정할 수 없는 것은 '누구와 할 것인지'가 빠져 있기 때문은 아닐까. 그게 제일 중요한 문제일 텐데! 남들의 말을 들으며 일반적 의미의 결혼을 생각하지 말고 그럴 만한 상대가 생겼을 때 그 상대와 나의 생각에만 집중한다면 쉽게 결론을 내릴 수 있을지도 모르겠다. 그런 상대가 생길 때까지는 겁 먹지 말고 열린 마음으로 있어 봐야겠다. 결혼해서 행복할지 아닐지 미리 규정지은들 뭣하랴.

두 번째 질문

늦은 결혼, 후회하지 않을까?

이제 와서
결혼이라니

30대 중반이 넘어선 후배가 나에게 물었다.

"언니 몇 살 때까지 결혼을 위해 노력해야 하죠?"

나는 그 후배에게 평생 노력하다 보면 좋은 사람을 만날 수 있다는 장밋빛 희망을 말하지 않았다.

"그래도 마흔까지는 노력해야 하지 않을까?"

그렇게 마흔이라는 시점을 콕 찍어 얘기해줬다. 현실적으로 결혼은 나만의 문제가 아니라 상대가 있는 문제이다. 마흔은 사회적으로도 나이가 많다고 인정하는 나이이다. 그래서 객관적으로 마흔이 넘으면 결혼이 어렵다는 판단에서 나온 말이다. 물론 마흔이 넘어서 결혼이 불가능하냐고 묻는다면 절대 아니다. 마흔이 넘어서 결혼한 경우도 많이 있다. 심지어 오십이 넘어서 결혼한 케이스도 있다. 어디서 들은 얘기가 아니라 실제로 내 두 눈으로 똑똑히 본 사례다.

미국 드라마 〈굿와이프〉에서 어떤 의사는 혼수상태에 있는 환자에 대해 가망 없음을 설명하며 이런 얘기를 했다.

"물론 혼수상태에서 눈을 뜨는 연구 결과가 있습니다. 그렇다고 하더라도 나는 대부분의 가망 없는 상태를 얘기해야 합니다."

나는 이 의사의 설명에 전적으로 동의한다. 마흔 이후의 결혼에 대해서도 아주 특수한 경우를 이야기하며 희망을 주는 것은 도움이 안 되는 태도라고 생각한다.

마흔이라면 인생의 반을 살았다는 관점에서 그동안 많은 일들이 있었고 또 다시 시작하는 것이 잔인할 정도로 어려운 나이라는 전제 하에서 본다면 '연애와 결혼'도 이미 간단하지 않은 문제일지 모른다. 그래서 결혼을 하고 싶으면서도 한편으로 혼자 살 노후를 대비해야 하지 않을까 고민하는 것은 아닐까. 그런 마흔에게 무조건 결혼하라고 압박하는 것도 현실적인 조언은 아닌 것 같다. 그러나 나는 여전히 결혼하고 싶고 결혼하려는 여자들에게 도움이 되고 싶고 이 책에서도 '결혼한 여자'의 입장에서 조언 아닌 조언을 해보려고 한다.

내가 재혼을 한 나이는 마흔이었다.

마흔에 결혼을 생각하는 여자들이 알아야 하는 건 무엇일까? 나는 먼저 현실 속 마흔의 연애와 결혼을 직시할 것을 권하고 싶다. '보통의' '평범한' 범주에 들지 않는 다양한 40대의 삶이 현실에는 존재한다. '그냥 나처럼 평범한 사람이면 돼.'라는 조건이 말처럼 쉽지 않은 이유도 여기에 있다.

마흔은 이미 결혼을 한 지 몇 십 년이 된 사람, 혹은 방금 결혼한 사람, 아이가 있는 사람, 아이가 없는 사람, 재혼인 사람, 재혼을 넘어 서너 번인 사람, 이혼을 해서 싱글로 돌아온 사람도 있을 것이다. 그래서 사람 많은 데서 누군가에게 '미혼인지 기혼인지'를 묻는 질문도 조심스러워야 하는 나이다. 자신이 결혼 20년 차라고 남들도 다 결혼했을 것이라고 봐서는 곤란하다. 아이 얘기도 마찬가지이다. 사십대지만 결혼하고도 아이가 없을 수도 있다. 자기가 아이가 있다고 대뜸 '아이가 몇 살이죠?'라고 묻는 결례를 해서는 안 된다.

내 주변을 봐도 그렇다. 벌써 아이를 대학에 보낸 친구도 있는 반면, 한번도 연애를 못해 본 모태 솔로도 있다. 아마 주변을 둘러보면 이해가 될 것이다. 내 주변의 사람만 특이한 경우는 아닐 것이다. 이렇게 천차만별의 모습으로 살고 있더라도 우리는 서로 '친구'이고 또 '친구'가 될 수 있다고 생각한다.

30대때는 입장이나 상황이 같아야만 진정한 친구가 될 수 있다고 생각했다. 그래서 내가 이혼했을 때 친구도 잃었다고 생각했다. 그러나 지금 생각해보면 이혼해서 친구를 잃은 것이 아니라 내 스스로 친구들을 멀리해서 잃었던 거다. 입장이나 상황이 같아야만 친구가 될수 있다는 그 생각 때문에 친구를 잃은 것이다. 이제야 깨달았지만 입장과 상황이 같다고 얘기가 잘 통하는 게 아니다. 지금 내가 애를 키우며 살고 있지만 여전히 애 엄마들의 아이 얘기보다 미혼들의 맛집과 여행 얘기를 듣는 것이 더 즐겁다. 심지어 아이돌 이야기에 더 흥분이 되기도 한다.

내가 이혼했을 때 친구도 잃었다고 생각했다. 그러나 지금 생각해보면 이혼해서 친구를 잃은 것이 아니라 내 스스로 친구들을 멀리해서 잃었던 거다.

마흔은 살아온 세월만큼 알 수 없는 무언가가 쌓여 있는 느낌이 든다. 나뿐만이 아니라 다른 사람을 만날 때도 그렇다. 그렇게 쌓아놓은 것을 서로를 가르는 벽이 아니라 험한 세상을 살아가는 원동력, 서로의 밑천으로 이해한다면 어떨까? 동지를 만난 것처럼 기쁘지 않을까. 마흔의 '연애와 결혼'은 그런 동지를 찾는 과정이 될 수 있다. 이렇게 보면 현실에서 마흔의 결혼이 꼭 '가망 없음'은 아닌 것 같다.

마흔에 결혼을 얘기해도 괜찮다. 20대, 30대만 결혼을 얘기하란 법은 없다. 아직 미혼이라면 오히려 당당히 결혼하고 싶다고 말하거나 결혼하려고 노력하고 있다고 하자. 혹 40대에 결혼하게 된다면 청첩장을 돌리며 주눅 들 필요도 없다. 또 결혼할 거라 말하면서 나이를 의식해 부끄러워할 필요도 없다. 더 이상 40대에 결혼 얘기를 묻어두지 말고 꺼내보자. 나처럼 말이다. 의도한 바는 아니지만 내가 재혼을 한 나이는 마흔이었다.

결혼에 대한 환상은
누구나 있다

    미나리의 연애 판타지에 대한 글을 보니 어디 연애에만 판타지가 있으랴 결혼에도 판타지가 있다는 생각이 들었다. 어쩌면 여자에게 판타지는 평생 버리지 못하고 동거하는 관계가 아닐까.

    돈 많은 남편을 만나 집안일 도우미, 육아 도우미를 쓰며 해마다 해외여행을 가고 결혼기념일마다 다이아몬드를 받는 그런 판타지를 갖고 있는 분들이 있다면 계속 그런 판타지를 품고 있으라고 하고 나는 내가 갖고 있던 판타지에 대해 얘기해볼까 한다.

    1. 마트 부부 외출

부부 생활에 대한 첫 번째 판타지는 마트 외출이었다. 어떤 사람들은 결혼하면 누구나 하는 게 마트 외출 아니냐고 할지 모르겠다. 그런데 마트 외출은 나에게는 나름 사연이 있다.

전남편은 마트에 가는 것을 극도로 싫어했다. 그래서 결혼 생활 초기에 마트에 가서 살 것이 많았음에도 불구하고 나 혼자 가야만 했다. 같이 가자고 말하는 것이 더 스트레스라 생각하며 묵묵히 혼자 마트를 다녔다. 그때는 더구나 차도 없던 때라 버스를 타고 마트에 가서 무거운 짐을 들고 혼자 버스를 타고 돌아오곤 했다. 그럴 때마다 마트에 함께 외출하는 부부가 너무 부러웠다.

단순히 그 뿐만이 아니다. 어쩌다 마트에 가면 카트를 미는 것은 내 몫이었다. 다른 부부들을 보면 남자들이 카트를 밀던데 우리 부부는 왜 내가 미는지 무언가 억울한 기분이 들었다. 그런 원한이 쌓이고 쌓이다 폭발한 것은 별거 중에 잠시 전남편을 만나서 마트를 간 날이었다. 별거 중에 관계 회복을 위해 전남편이 나에게 인라인 스케이트를 사주려고 간 거였는데 그날도 내가 카트를 밀고 있어서 과연 이 결혼을 계속해야 하는가에 대해 회의감이 들었다.

이혼 후에는 더더욱 마트는 혼자 다녔다. 심지어 텔레비전도 혼자 가서 사왔다. 그런 나에게 가족의 마트 외출은 거대한 판타지가 되어 버렸다.

한때는 영영 이루지 못할 것 같던 나의 판타지는 이제 일상이 되었다. 지금은 남편과 딸을 데리고 마트에 다닌다. 딸이 생기기 전에는 당연히 남편이 카트를 밀었고 지금은 남편이 딸을 건사하고 내가 카트를 미는 일이 많아졌다. 카트를 미는 게 괜찮냐고 묻는다면 나의 대답은 '완전 괜찮다.'이다. 왜냐면 카트를 미는 것보다 이제 막 걸음마를 시작한 딸을 건사하는 일이 더 어렵고 힘든 일이기 때문이다.

2. 남편의 선물

'남편의 선물'. 그런 건 드라마, 영화에나 나오는 것이라고 딱 잘라 말하는 사람도 있겠지만 여자라면 누구나 생일이나 결혼기념일에 남편이 꽃이나 쥬얼리를 사온다거나 해외 출장에서 화장품 선물을 사온다거나 하는 판타지를 품고 있을 듯하다.

또 전남편의 얘기를 하자면(남의 남편과 비교하는 것이 아니라 나의 두 남편을 비교하는 것이니 너그럽게 용서해주길.), 그는 꽃같이 불필요한 것보다는 차라리 콩나물을 한 다발 묶어서 주는 것이 낫다고 했다. 나 역시 그때는 그의 말에 동의했다. 그러나 중요한 건 그는 콩나물 한 다발이 낫다고 하면서 콩나물 한 다발조차 사준 적이 없었다는 사실이다. 덧붙여 그는 재결합하는 조건으로 차를 사준다며 내 이름으로 할부를 해놓고 몇 개월 내주다가 이혼하고는 차값은 네가 알아서 하라고 떠넘겼다. 선물이라곤 기대할 수 없었던 사람이다.

그런 전남편과 달리 지금 남편은 최근에 생일 선물로 디지털 피아노를 사주었고 어떤 피아노를 살지 여동생과 나 몰래 의논하며 '깜짝

이벤트'라며 동생에게 비밀 유지를 부탁했다고 한다. 물론 드라마나 영화처럼 매번 꼬박꼬박 비싼 선물을 챙긴다는 것은 아니다. 애가 생긴 이후로는 전과 같지는 않다. 그러나 애가 생긴 후 남편이 변했다고 생각하지 않는다. 상황에 따라 사람에게도 어느 정도 변화는 있는데 오히려 전과 똑같다면 그게 더 이상하지 않을까 싶다. 변화된 상황에 맞는 대처법이 생겨난 게 당연하다.

　남편의 선물이라는 판타지를 꿈꿨던 나는 작은 선물이라도 건넬 줄 아는 지금의 남편을 만나 꿈을 이루었다. 어떻게 전남편과 헤어진 후 지금의 남편을 만났는지 궁금하다면 나의 전작 『인어공주는 왜 결혼하지 못했을까?』란 책을 찾아봐주시길.^^

3. 쓰레기 버려주는 남편

　자, 상상해보라! 영하의 추운 겨울날 쓰레기봉지를 양손에 들고 쓰레기장으로 향하고 있는 자신을. 물론 이 모습은 결혼 전까지 내 모습이었다. 그런데 결혼 후에도 이렇다면?

　남편이 늦게 들어와서 혹은 너무 바빠서 혹은 쓰레기 자체를 어떻게 처리할 줄 모르는 사람이라 여자가 쓰레기를 버리고 있다면? 솔직히 쓰레기를 버리는 일 그 자체는 어렵지 않다. 간단하다고 생각하면 간단한 일이고 누구나 할 수 있다고 생각하면 누구나 할 수 있는 일이다.

그러나 사람에게는 누구나 아무리 간단하고 쉬운 일이라도 죽어도 하기 싫을 정도로 귀찮은 일이 있다. 그런데 그 귀찮은 일을 누군가 잠깐이라도 해준다면 얼마나 감사한가. 나에게는 쓰레기 버리기가 바로 그런 일이다.

어렵거나 힘든 일이 아니라 너무나 귀찮아서 하기 싫은 일인데 그 일을 남편이 해준다면? 나는 결혼 후에 쓰레기 버리는 일에서 완전히 해방되었다. '이 남자를 만나지 못했다면 지금처럼 살지 못했을 것'이라는 생각보다 '내가 다시 쓰레기를 직접 치우는 생활로 돌아가고 싶지 않다.'는 생각이 더 클 정도이다.

이렇게 쓰고 보니 왠지 미나리에게 미안해지는 느낌이다. 서로 마음 속 깊이 품어둔 판타지를 말하기로 해놓고 나만 'Dreams come true'를 부르짖냐고 할 것 같다.

그런데 지금 내 나이가 마흔여섯이고 나도 이런 생활을 하기까지 이 모든 일들이 오랜 시간 동안 판타지였다는 걸 얘기하면 좀 위안이 되려나? 그리고 미나리가 쓴 연애에 대한 판타지가 어려운 일이 아니듯 내가 쓴 결혼생활의 판타지도 어려운 일이 아닐 것이다.

주부 코스프레
욕심이 문제야

　결혼을 하기 전에 나는 주부와 커리어 우먼 양쪽을 잘 해내는 '슈
퍼우먼 콤플렉스' 같은 건 갖지 않을 것이고 상황에 맞게 대충 알아서
잘하겠다는 야무진 생각을 품고 있었다. 그런데 막상 결혼을 하고 나
니 회사 일을 잘 못해서 걱정이 아니라 당최 '주부' 일이 무엇인가가
막막하기만 했다.

　'커리어 우먼'의 모습은 10대 때부터 줄곧 머릿속에 그려왔지만
'주부'는 안중에도 없었다. 연애와 결혼을 의식하기 시작한 20대에도
은근히 '주부'에 대해서 떠올리면 부정적인 이미지가 가득했다. 우선
주부는 능력(돈을 벌)이 없다. 갑갑하다. 시대에 뒤떨어진다. 사회성이
떨어진다. 외모를 가꾸지 않는다. 교양이 없다. 게으르다. 그런 주부가

되는 건 마치 무덤에 제 발로 걸어 들어가는 꼴이라 생각했다.

그래서 남자를 볼 때도 얼마나 진취적이고 개방적인가를 먼저 따졌다. 만약에 남자가 '여자가 꼭 아침밥을 해줬으면 좋겠다.'라는 말을 했다면 '그런 남자한테는 못 맞추고 살아. 헤어져야지.' 이런 식이었다. 그래서 나의 첫 번째 결혼상대는 '아침밥 안 해줘도 되는 남자'였다. 그런데 살아보니 아침밥만 빼고 모든 걸 내가 해야 하는 슬픈 결말이 기다리고 있었다.

주부에 대해 부정적이던 여자들도 결혼 후에는 주부 역할을 하기 위해 애를 쓴다. 결혼 전에는 커리어 우먼을 꿈꾸던 여자도 결혼하면 어느 순간 요리, 인테리어 등에 관심을 갖는다. 정확히는 결혼식 날짜를 잡은 후가 아닐까? 혼수를 핑계로 신혼집의 인테리어를 놓고 머리를 싸매고 몸을 불사른다. 그리고 결혼하면 어떤 요리를 할지 인터넷을 찾아보는 게 일이 된다. 때론 간단히 먹을 수 있는 쉬운 레시피로 된 책을 사기도 한다. 물론 이것 또한 나의 경험담이다.

첫 번째 결혼 후 나는 바로 주부 모드로 '돌변'했다. 물론 그때는 자연스럽다고 생각했지만 지금 생각하면 돌변이 맞다. 공부만 10년 넘게 했으며 나머지는 유유자적한 생활이었는데 갑자기 살림을 하겠다고 달려들었으니 그게 돌변이지 다른 게 돌변일까 싶다.

나는 신혼집을 꾸미기 위해 나름 최선을 다했고(동대문에서 천을 끊어 커텐을 다는 등) 솜씨를 다해 요리를 했다. 매끼니 다른 요리를 해서 남편에게 바쳤다. 그리고 그때 시동생도 잠시 같이 살았는데 시동생

치닥거리(과장하긴 미안할 정도로 집에 없었지만 일단은 했다는 게 중요하다.)까지 나름 주부 코스프레에 열중했다.

그러나 마음 속에서 스멀스멀 올라오는 '이건 아닌데….' 하는 느낌, 그런 내면의 울림이 있었다. '내가 이러려고 대학을 나왔던가, 데려다 살림 시키려면 아무나 살림 잘하는 여자를 고르지 남자들은 외모는 왜 볼까. 해도 해도 티도 안 나는 살림을 왜 나만 해야 할까….'

> **나의 첫 번째 결혼상대는 '아침밥 안 해줘도 되는 남자'였다. 그런데 살아보니 아침밥만 빼고 모든 걸 내가 해야 하는 슬픈 결말이 기다리고 있었다.**

그런 생각의 꼬리를 물다 나는 주부 코스프레를 벗어 던졌다. 취업을 한 것이다. 주부 코스프레를 경험한 덕인지 회사에서 누구보다 열심히 일했다. 회사에서는 무얼하든 주부 코스프레보다 낫다고 생각했다. 월급도 주고, 직급도 주고, 보너스도 주고, 남편이나 시댁의 잔소리보다 상사의 잔소리가 더 견딜만 했다. 그 사이 나는 이혼으로 주부 코스프레와는 완전히 결별했다.

그러다 해외근무까지 하고 나름 열심히 하던 회사생활을 지금의 남편을 만나 결혼을 하고 1년쯤 후에 정리했다. 농담처럼 '결혼한다고 하고 회사 그만둬 보고 싶어요.'라고 말하긴 했지만 실제로 내가 결혼을 하고 회사를 그만둘 줄은 몰랐다. 주부 코스프레를 끝내고 이번에는 커리어 우먼 코스프레를 하고 있었던 걸까?

　이렇게 말하면 결혼과 동시에 회사를 그만둔 것처럼 보이지만 사실 나는 '공부'를 하겠다고 회사를 떠났다. 그런데 회사를 다니면서 공부하는 거면 몰라도 생계 유지 수단인 회사를 그만두고 공부하려면 원래 돈이 많거나 모아 놓은 돈이 많거나 아니면 공부가 정말 좋거나에 하나는 해당되어야 마땅하다. 셋 중에 맞는 게 하나도 없으니 따지고 보면 나는 '공부'도 결혼이란 바탕이 없으면 불가능했을 것 같다. 공부 때문에 그만뒀다고 생각하고 보니 결국엔 결혼해서 그만 둔 꼴이다. 진짜 커리어 우먼이 아니라 커리어 우먼 코스프레라서 그랬을까, 그때는 어려운 결단이라 생각했는데 지금은 너무 쉽게 그만둔 게 아닌가 하는 후회가 남는 것도 사실이다.

　그래서 내가 지금 다시 주부 코스프레를 하고 있냐고?

　아니다. 나는 두 번째 결혼을 하면서 다시는 주부 코스프레를 하고 싶지 않았다. 결혼했으니 나는 오늘부터 주부의 역할에 충실하리라 다짐하지 않았다. 그런 생각이 얼마나 스스로를 옭아매는지 잘 알고 있기에 결혼 후에 일단 최소한으로 내가 할 수 있는 일들을 했다. 지금 생각해보면 애가 없으니 가능한 생활이었다.

　성인 둘이 사는 살림은 안 하자고 들면 아주 간단할 수 있다. 첫 번째 결혼 때는 잘하려다 보니 '결혼하고 나면 살림이 이렇게 많구나.' 하고 절망만 했는데 지금은 성인이라 별로 어지르는 게 없으니 청소도 매일 할 필요가 없고 두 사람의 식사는 만드는 것보다 외식이 싸고 편하다고 생각하니 집안일에 부담이 없다. 물론 이건 순전히 게으른 (?) 내 생활에 맞는 해법이다.

그렇게 지내다 보니 주부 코스프레를 할 필요가 없다는 생각이 들었고, 더불어 다시 커리어 우먼으로 돌아가고 싶은 생각은 별로 들지 않았다. 코스프레 욕심을 버리니 예전 같은 자괴감도 들지 않았다.

물론 나의 경험담이기는 하지만 여자들은 주부든 커리어 우먼이든 어느 한쪽에 대한 마음의 불편함을 안고 사는 것 같다. 왜 이렇게 여자는 이중적인 마음의 불편함을 안고 사는 것일까? 남자들은 그냥 일하기 싫은 것이지 결혼이 하고 싶어 일을 소홀히 한다고는 아무도 생각하지 않을 것이다. 여자들처럼 '코스프레'라며 스스로를 괴롭히지도 않는다. 그 차이는 '뻔뻔함'에서 비롯된다고 생각한다. 내가 보기엔 여자들이 너무 성실하고 착해서 그렇다. 여자들을 힘들게 하는 생각으로부터 자유로워지려면 더 뻔뻔해지는 수밖에 없다. 우리가 쓰는 가면에 더 당당해질 필요가 있다. 복잡한 현대의 관계 속에서 요구되는 역할은 다 다르니까 어떤 의미로든 코스프레는 필요하다.

그렇지만 가면을 쓰고 있다 해도 진짜 자신의 속마음은 알아야 한다. 가면이라는 것을 알고 가면을 벗어 던지기 전에 맨 얼굴의 자신이 무엇인지는 알아야 스스로를 편하게 놓아줄 수 있을 테니까. 그리고 어쩌면 스스로를 너무 가혹한 평가잣대로 재고 있는 것은 아닌지 돌아보자.

오랜만에 만난 옛 직장동료가 내가 '시맥' 이야기를 하는 걸 보고 "어색하다."고 말하는 걸 보니, 그 시절 이미 나는 충분히 워커홀릭에 커리어 우먼이었을지도 모르겠다. 코스프레였던 적은 없을지도.

너 는 절 대
결 혼 하 지 말 고 살 라 고 ?

　　난 미나리가 부럽다. 마흔에 싱글인 그녀가 결혼도 했으면 좋겠고
아이가 있으면 좋겠지만 한편으로는 현재의 미나리가 부럽다. 싱글인
여자들은 결혼한 여자들이 도대체 왜 자기한테 "야, 넌 결혼하지 말고
혼자 살아."라고 하는지 의아하게 생각하겠지만 딱 그런 마음이 드는
건 사실이다. 진짜로 그러기를 바라기보다는 싱글의 생활이 부러워서
그러는 거다.

　　그렇지만 나는 겁 없이 그렇게 말했다가 결혼에 대한 부정적인 생
각을 심어주게 될까봐 웬만하면 그 말을 하지 않으려 한다. 나는 결혼
한 사람이나 아이를 키우는 사람이 주변 사람들에게 '너는 결혼하지
말아라.' 혹은 그 반대로 '너는 결혼해라.'는 잔소리를 할 필요가 없다

고 생각한다. 기혼자가 사는 모습을 보면서 자연스럽게 판단할 것이라 믿기에 굳이 내 입으로 어떤 충고도 할 필요를 못 느낀다.

'넌 결혼하지 말고 평생 혼자 살아'라는 말은 무시해도 좋다. 불행한 결혼이거나 혼잣말일 뿐이다.

내가 싱글이었던 시절 여동생한테 먼저 애가 있어서 조카를 돌봐주는 일이 많았다. 동생은 아이를 보는 일을 힘들어 했지만 나에게 '결혼도 하지 말고 애도 없이 싱글로 살아.'라고는 하지 않았다. 내가 조카를 돌보던 시절이 '간접육아'의 시기라고 여겨지는데 이때 들었던 생각은 힘들지만 아이가 예뻐서 할 만하다는 것이었다. 그리고 동생이 아이를 키우는 모습을 보면서 힘들지만 나도 할 수 있겠다는 생각이 들었다. 내 주변 사람들도 나를 보면서 결혼은 무덤이고 육아는 지옥이라 생각하는 것보다 결혼하는 게 좋고 아이가 있는 게 좋다는 생각을 하게 된다면 좋겠다.

그러니 기혼자들이 말하는 '넌 결혼하지 말고 평생 혼자 살아.'라는 말을 심각하게 생각할 필요가 없다는 생각이 든다. 만약 그 말이 진심이라면 그 사람이 불행한 결혼 생활을 하고 있는 것이기에 무시해도 되는 것이고 정말 싱글 라이프가 그리워서 하는 말이라면 누구나 느끼는 것이기에 잘못 살고 있는 것은 아니니까.

우리는 살아가면서 다시 돌아갈 수 없는 시절의 그리움을 안고 산다. 여자에겐 그 중에 가장 큰 그리움이 싱글이었던 시절이 아닐까 싶다. 싱글 라이프에 대한 부러움과 아쉬움은 평생 가져가는 것이라는 생각이 든다. 그래서 아이를 세상에서 가장 사랑하고 소중하다면서도 여전히 애가 없던 시절이 그립다고 모순적인 말을 하고 있는 게 아닐까.

나 또한 그렇다. 현재의 생활에 불만이 있는 것도 아닌데 매 순간 싱글이었던 시절이 그립다. 아이를 몇 시간 맡기고 겨우 이 글을 쓰고 있는 이 순간에도.

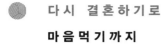

다 시 결 혼 하 기 로
마 음 먹 기 까 지

앞서 미나리의 '정말 결혼을 하고 싶긴 한 걸까?'를 보니 내가 결혼을 결심했던 때가 떠오른다.

더불어 미나리의 결혼 고민은 정말 환영하고 반드시 거쳐야 할 과정이라고 생각한다. 그냥 때가 되어 결혼을 해야 할 것 같아서, 만나본 남자 중에 괜찮아서, 부모님에게 효도하려고, 여동생보다 먼저 하려고 등등 결혼에 대한 수많은 이유가 있겠지만 스스로 결혼을 해야 한다고 결심하는 게 가장 중요하다고 생각한다.

희한하게도 대학이나 취업은 고민하는 게 당연하다고 생각하면서 결혼에 대한 고민을 진지하게 하는 것을 상대적으로 우습게 보는 경향이 있다. 결혼도 인생의 중요한 부분임에도 불구하고 이를 두고 고민하는 것은 쓸데 없는 일로 치부하니 그것이 오히려 답답하다.

　나의 첫 번째 결혼이 실패한 이유를 나는 결혼에 대해서 진지하게 고민하고 생각해보지 않았기 때문이라고 진단한다. 물론 처음에는 결혼에 실패한 이유를 '남자'에게 돌렸다. 우선 남자를 잘못 만났고 잘못 만난 남자가 결혼 후에도 노력하지 않아서라고 생각했다. 그리고 나는 '피해자'라고만 생각했다. 이혼 후에는 '피해자'답게 다시 결혼 같은 건 하지 않아야겠다고 결심했다.

　그러나 모순은 이때부터 시작된 것 같다. 결혼은 하지 않겠지만 연애는 해야겠다고 생각했다. 좀 더 과격하고 진보적으로 성적인 상대가 필요하다는 생각도 했었다. 이 생각에 전혀 문제가 없다고도 여겼다. 그리고 이런 생각에 부응할 수 있게 만나는 남자들이 복수로 있었다. 이혼했다고 해서 남자를 전혀 만날 기회가 없어지는 게 아니라 의외로 이혼 후에 자유롭게 남자를 만날 수 있다는 사실을 깨닫기도 했다. 오히려 결혼 전보다 만나는 남자들이 많다고 속으로 뿌듯해 하기도 했다.

　물론 지금 생각해보면 정말 쓸데 없는 남자들이었다. 별로 기억에 남는 남자도 없을뿐더러 기억에 남는다고 해도 다시 만나고 싶은 느낌도 없을 정도로 본격적인 관계는 아니었던 것 같다. 가끔 만나 술을 마시거나 대화를 하거나 간혹 스킨십으로까지 발전하지만 같이 미래를 얘기한 적도 없고, 결혼을 얘기한 적도 없다. 심지어 언제 다시 만나자는 약속도 하지 않았다. 갑자기 연락해서 시간 되면 만나고 헤어지는 사이의 남자들이었다.

나는 그 남자들 때문에 내가 결혼은 안하고 연애만 하고 살고 있다고, 나의 가치관에 잘 맞아 떨어지는 남자들을 만나고 있다고 생각했다. 그런 남자 중에서도 진짜 연애를 하는 것 같은 남자를 만나기도 했다.

나는 그 남자에게 평생 연애만 하자 했고 그 남자도 그럴 수 있다고 했다. 심지어 캐서린 헵번이 27년 동안 유부남인 스펜서 트레이시와 결혼하지 않은 상태로 살았다는 얘기에 감명을 받아서 나도 결혼하지 않고 평생 '그 남자'와 지낼 수 있다고 생각했다. 그러나 나 혼자 27년을 장담하고 있었던 것이다. 3년이 채 지나지 않아 그 남자는 다른 여자가 생겨서 나를 떠났다. 내 연락을 피하던 그 남자에게 다른 여자가 생겼다는 사실을 알아차려 관계가 끝나고야 말았다. 그때가 내 인생 최대의 실연이었다. 솔직히 이혼보다 더 힘들고 아팠다. 왜냐하면 전남편은 나와 맞지 않았고 나를 힘들게 했으니 헤어지는 게 당연했다. 그렇지만 이번 남자와 나는 정말 잘 맞는 사이였고 죽을 때까지 헤어질 일이 없다고 굳게 믿고 있었기에 더 아팠다.

나는 헐리우드 배우도 아니면서 헐리우드 배우 이상의 남녀관계를

**나는 결혼을 원하지 않는다면서 실제로는 결혼 이상의
관계를 원하고 있었던 것이다.**

이룰 수 있다고 생각했다. 그 남자도 이런 내 뜻을 잘 이해하고 있고 나에 대한 애정이 변하지 않으리라 착각했다. 그런데 그 기간은 고작 3년이었다. 힘들게 그 남자와 헤어지며 나는 내 안에서 들려오는 목소리를 들을 수 있었다.

'네가 진짜 결혼을 원하지 않았던 거니? 만약에 그랬다면 그 남자가 다른 여자가 생겼다면 웃으며 보내줘야지.'

나는 결혼을 원하지 않는다면서 실제로는 결혼 이상의 관계를 원하고 있었던 것이다. 결혼은 하지 않고 결혼을 뛰어 넘는 연애 감정으로 평생 살 남자를 찾고 있고 그런 관계를 원하고 있었던 것이다. 어찌 보면 사람들은 연애 감정이 식을 때를 대비해서 결혼으로 서로를 묶어두고 싶어하는지도 모른다. 나약한 인간의 의지를 대신해 결혼이란 제도가 있으면 더 이상 서로를 향해 뜨거운 애정을 느끼지 않게 되어도 상대방이 자신의 남자(혹은 여자)라고 생각할 수 있을 테니 말이다. 가까웠다 멀어졌다를 반복하면서도 '엄마'라고 부를 수 있는 관계, 그 하나가 주는 위안이 큰 것처럼, 결혼이라는 제도로 '남편'이라는 변치 않는 관계를 만들려고 하는 게 아닐까. 외롭다거나 누군가에게 의지하고 싶다거나 하는 이유는 차치해 두고라도 결혼이 필요한 이유를 그때부터 어렴풋이 생각하기 시작했다.

하지만 그때쯤에는 연애도 더 이상 하기 싫다는 생각이 들었다. 말그대로 '남자라면 지겹다.' 이런 느낌도 있었다. 남자는 늘 나에게 피해만 줬고 나의 앞길을 가로막았고 나를 힘들게 하는 존재라고 생각했다. 그리고 남자와 함께 집안에서 있을 때를 생각해보면 온통 귀찮은 일 투성이라는 생각도 들었다. 조용히 방문을 닫고 내 방에 있다가 내가 원하는 때에 거실로 나와 밥을 먹고 텔레비전을 보는 그런 일상이 깨지는 것도 두려웠다.

나는 이제 누군가와 함께 할 성격이 못 된다고도 생각했다. 그런데 이런 생각이 바뀌게 된 계기가 있었다. 아주 작고 사소한 일이었다.

사촌 동생이 내가 혼자 사는 집으로 잠시 놀러왔었다. 외국에 있다 보면 이렇게 가끔 누가 오겠다는 일이 종종 있는데 어느 때는 거절하기도 하지만 이 경우에는 워낙 친한 사이라 허락할 수밖에 없었다. 그런데 이 사촌 동생이 누군가와 함께 살 수 없다는 내 생각을 완전히 바꿔 놓은 것이다.

사촌 동생은 집안일을 깔끔하게 하고 나에 대한 배려도 빈틈이 없었다. 더군다나 그녀가 떠나는 날, 마지막 모습을 보지 못하고 회사에서 돌아왔는데 현관 입구에 내가 좋아하는 캐릭터 인형이 세워져 있었다. 나는 그 캐릭터 인형을 보는 순간 눈물이 펑펑 쏟아졌다.

누군가와 함께 살 수 없다고 생각했던 것은 누군가에게 무언가를 해준다는 게 부담이 되고 힘들고 귀찮아서였다. 그런데 누군가와 함께 살면서 이렇게 배려 받고 따뜻하고 내 마음을 알아주는 대접을 받는다면 함께 살아도 괜찮겠다는 생각이 들었다. 어떤 사람들은 다른 사람에게 무언가 해줄 수 있을 때 함께 살 수 있다고 할지 모르겠다. 그런데 나는 다른 사람에게 무언가를 받을 수 있을 때 함께 살 수 있다는 생각이 들었다.

누군가와 함께 살 수 없다고 생각했던 것은 누군가에게 무언가를 해준다는 게 부담이 되고 힘들고 귀찮아서였다.

내가 남한테 해주는 것은 오히려 쉬울 수도 있다. 설거지 하고, 청소 하고, 빨래를 하는 일이 어려운 일은 아니다. 맘먹고 하자면 충분히 할 수 있는 일이다. 그런데 상대방이 날 위해 그런 일을 해주는 것은 참 어려운 일이다. 그리고 애초부터 여자라면 남자가 날 위해 저런 일을 해줄 것이라고 기대도 하지 않는다. 그래서 아마도 결혼하게 되면(남자와 함께 살면) 집안일은 오로지 내 몫이 되고 일이 두 배로 늘면서 힘들다고 지레 겁을 먹게 되었는지도 모른다. 그런데 꼭 나만 해야 한다는 원칙이 있는 것도 아니고 상대방이 날 위해 해줄 수도 있다는 데까지 생각이 미쳤다.

물론 그 다음부터 남자를 볼 때 날 위해 집안일을 할 수 있는 남자를 찾은 것은 절대 아니다. 그냥 사촌 동생과 함께 했던 그때의 느낌이 좋아서 이렇다면 누군가와 함께 살 수도 있다는 쪽으로 생각이 전환된 것이다.

누군가와 함께 산다는 것은 내가 할 일이 많은 것도 사실이지만 그만큼 누군가가 날 위해 하는 일도 많은 것이리라. 누군가를 위해 무언가를 하면서 기쁘다면 누군가가 나를 위해 무언가를 해주는 것도 기쁜 일이다. 이 둘을 감사히 받아들이게 된 점이 가장 큰 변화였다.

결혼이란 극단적인 얼굴을 갖고 있다고 생각한다. 아주 안 좋은 결혼도 있지만 그 반대로 좋은 결혼도 있다. 개인적으로 그 두 가지를 다 경험한 바로는 결혼은 해야 하는데 기왕 하려면 '잘' 해야 한다는 결론이다.

내가 생각하는 순위는 이렇다.

나쁜 결혼 < 싱글 < 좋은 결혼

이왕이면 싱글에 머물지 말고 '좋은 결혼'에 이른 여자들이 많아지길 바란다.

회사, 언제까지 다닐 수 있을까?

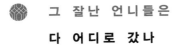

그 잘난 언니들은
다 어디로 갔나

우리 회사는 서울에서 운치 좋기로 손꼽히는 덕수궁 근처에 있다. 점심시간이면 회사 주변을 산책하곤 하는데 언제부터였을까 점심시간 거리로 쏟아져 나온 사람들의 모습에서 묘한 위화감이 느껴지기 시작했다. 말 그대로 조화되지 않는 어설픈 느낌이다. 그리고 그리 오래지 않아 나는 깨달았다.

그 무리 속에서 '조화되지 아니하는' 것은 다른 사람들이 아니라 바로 '나'라는 것을.

모두가 젊다. 새파랗게 젊다. 여자들뿐만 아니다. 남자들도 마찬가지다. 저기 커피 들고 오는 남자, 엄마가 차려준 아침밥을 먹고, 엄마가 사준 양복을 입고 나온 게 틀림없다. 얼굴이 애기다. 저기 서서 담배 피우는 남자, 과장 정도 됐겠다. 배도 좀 나왔고 그래도 얼굴을 보니 나보단 어린 게 틀림없다.

여자들은 정말이지 대부분이 그냥 '여자애'들이다. 2~3년 안에 결혼하면 직장은 그만두는 게 당연하다고 생각할 것 같은. 부럽다. 젊은이들 속에 간간히 아저씨가 있다. 부장님, 이사님, 상무님 정도 되시겠지. 그렇다면 내 또래 여자들과 나의 여자선배들은 전부 어디로 갔단 말인가?

40대 여자는 전업 아니면 행불이라니! 나도 누군가에게는 행불 상태인 걸까. 엄청난 외로움이 밀려왔다.

나는 메신저 리스트를 살피며, 오랫동안 연락 없이 지내던 지인들에게 말을 걸어 여자동료와 선배들의 근황을 물었다. 그 결과, 어쩜 이럴 수가!

내 또래는 물론이요, 나보다 5~6살 어린 후배들까지 하나같이 직장을 그만두고 전업주부를 하고 있었다. '그래, 이 분만은 일하고 있겠지.'라며 굳게 믿었던 워커홀릭 미혼녀 A부장은 누구도 근황을 알지 못하는 그야말로 행방불명 상태! 이 책의 프롤로그에 실린 바로 그분이다. 피오나 님도 A부장이 더 이상 회사에 다니지 않고 있다는 사실에 나만큼이나 놀란 모양이었다.

한 사람 한 사람 근황을 물으면 물을수록, 전업주부 아니면 행방불명이다. 딱 그냥 그 둘 중 하나다. 어쩜 이럴 수가 있단 말인가! 40대 여자를 설명하는 키워드가 전업 아니면 행불이라니.

엄청난 외로움이 밀려왔다. 나도 누군가에게는 행불 상태인 것이 아닐까. 나 여기 아직 살아있다고, 변변치는 않아도 아직 회사 다니고 있다고 벌떡 일어나 소리라도 치고 싶은 심정이다.

앞으로 전업주부가 될 가능성이 상당히 낮은 가운데, 어떻게 하면 행방불명이 되지 않고, 이 세상에 한 점의 존재감을 지켜나갈 수 있을까?

40대 남자였다면 이런 결과가 나오지는 않았을 것이다. 그 잘난 언니들은 다 어디로 갔나. 인터넷의 급성장과 함께 시대의 가치관과 세계관이 급변하던 1990년대, 대학이라는 최고의 교육기관에서 여성학과 페미니즘으로 교양을 쌓고, 어학연수라는 새바람을 타고 외국물로 스펙을 쌓은 그 잘난 언니들이 다 어디로 갔단 말인가.

남성 위주의 가치관으로 고착화된 사회의 허상을 비판하며, 여성의 사회적 위상을 역설하고, 인터넷이라는 새로운 트렌드로 세상을 앞서가던, 그 잘난 언니들이 다 어디로 갔느냔 말이다. 쓰고 있자니 갑자기 울컥한다.

그 잘난 언니? 따로 누구를 예로 들 것도 없다. 바로 내 얘기다. 그 잘난 척이란 게 딱 10년짜리인 걸 그때는 몰랐다. 스물네 살에 학교 졸업하고 딱 10년. 서른넷이 되니까 알겠더라. 나의 잘난 척은 거기까지라는 걸. 한해 한해 연차가 쌓여갈수록 의자 뺏기 게임처럼 하나씩 의자가 사라지는데, 줄어드는 그 의자에 앉기 위해 내가 할 수 있는 건 없다는 걸 깨달았다.

눈에 띄는 업무성과를 내는 건 하늘의 별 따기고 그렇다고 능수능란한 정치적 처세를 할 수 있는 것도 아니고, 친하게 지내던 여자동료와 선배들이 하나씩 사라지는 가운데, 아저씨라며 무시했던 남자상사에게 친한 척 하기는 이미 너무 늦어버린, 주류에서 한참 벗어나 있는 나를 어느 날 발견했다. 그땐 엄청나게 서러웠는데 뭐 지금은 아무렇지도 않다. 받아들였거든. 나 같은 건 아무것도 아니라는 걸 말이다.

그 잘난 척이란 게 딱 10년짜리인 걸 그때는 몰랐다.

40대 여자의 사회적 존재감은 참으로 미미하다. 20대에는 젊음으로 주목 받고, 30대까지는 바로 저 잘난 척으로 조금 주목 받을 수 있겠지만, 40대가 되면 전업 아니면 행불이니까. 40대에도 주목 받으려면 최소한 고소영이나 전도연, 김성령 정도는 되어야 하는데 거울을 보세요. 장난하세요? 나는 평범하디 평범하고, 흔하디 흔한 일반인일 뿐이다. 여성의 꿈을 펼치라며 소리 높여 외치는 저자들(몇 안 되는 여성 CEO 같은 분들)의 이야기를 읽어보면, 그녀들은 40대에도 50대에도 열정이 있다. 어쩜 이래? 나는 10대에도 열정이 없어서 독서실 벽만 바라보다 졸곤 했는데, 이 분들은 어떻게 이래? 역시나 딴 세상 이야기고, 이렇게 되려면 다시 태어나는 수밖에 없다며 조용히 책을 덮고 잠이나 청하게 된다.

　이토록 아무것도 아닌, 이 세상의 개미 같은 존재, 개미 중의 개미, Top of the 개미인 내가 결혼도 하지 않은 채로 행방불명이 되지 않고 살아갈 수 있는 방법은 무엇일까. 오늘도 사무실 책상머리에 붙어 앉아 있지도 않은 열정을 끌어올리며 고군분투한다. 그러는 사이 나의 마흔한 살이 코앞으로 다가왔다.

저 그만둬요,
결혼해서

　도대체 언제까지 회사를 다닐 것인가. 이런 고민은 30대보다 마흔 살이 되어 더 자주 하지 않을까. 아직 싱글이라면 결혼만 하면 때려칠까. 기혼자라면 남편이 좀만 더 번다면 때려칠 수 있지 않을까. 혹은 조금 더 건전하고 그럴 듯한 방향으로 내 사업을 해볼까. 요즘에 블로거들도 돈을 번다는데 나도 블로그 하나 멋지게 만들어 볼까 등등.

　하지만 생각만 할 뿐 좀처럼 실행에 옮기기 어렵다. 일단 회사를 안 다니면 과연 어떻게 살까? 무엇을 하고 살까? 돈은 누가 벌까? 등등 이어지는 많은 의문들에 완벽한 대답을 찾기 어렵다. 이 모든 갈등의 과정을 거쳐 현재 회사를 다니지 않고 있는 나의 이야기를 해볼까 한다.

　나는 회사를 마흔하나까지 다녔다. 나이로만 봤을 때는 과거의 여성들에 비해 나이를 꽤 먹을 때까지 직장 생활을 한 편이다. 그렇지만 지금도 여전히 직장 생활을 하고 있고 또 심지어 승진하고 인정받는 또래의 친구들이 있는 걸 보면 내가 일찍 그만둔 것일 수도 있다.

내가 처음 직장 생활을 시작했을 때는 여자 상사들의 모습이 좋아 보이지 않았고 이른바 롤 모델을 찾을 수 없어 일본 유학을 핑계로 그만두었다. 그렇게 직장을 그만두고 일본과 호주를 다녀 오고 첫 번째 결혼을 하고 다시 직장을 다니게 되었다. 직장에 다니게 된 이유는 돈 때문이었다. 결혼을 하고 남편의 수입이 변변치 않으니 생계를 위해 취직을 했다. 물론 일은 재미있었고 적성에 맞았고 평가도 잘 받았다. 밤새워 일하는 것도 신이 났고 내가 만든 서비스를 사람들이 사용하는 것에 보람을 느꼈다. 그러다 보니 승진도 하고 일본에서 일도 하게 되었다. 직장인으로 보면 승승장구 하는 인생이었지만 개인적으로는 암울하기만 했다. 이 과정에서 나는 전남편과 이혼하고 또 다시 연애를 하고 실연을 하고 다시 결혼하겠다는 결심으로 남자를 만나게 되었다.

물론 우울한 개인사 때문에 일에 더 열심이었다고 해도 틀린 말은 아니었다. 시간이 많으니 회사에 남아 야근을 도맡아 했고 또 이혼한 후라서 일본에 일하러 가는 것도 어렵지 않게 결정했다. 흔히 회사에 청춘을 바쳤다는 사람 중에 나도 하나였다. 서른에서 마흔 살까지 회사는 나의 전부라 해도 과언이 아니었다.

회사에 대한 절실함은 '수입'때문이었다. 아무리 회사를 그만두고 싶어도 당장 먹고살 걱정, 한국이든 일본이든 집이 없어서 월세 걱정이 더 컸다. 그러면서 마음 한편에서는 '저 그만둬요. 결혼해서요.'라고 말이라도 해보고 싶었다. 내가 다시 결혼을 할 일도 없을뿐더러 결혼을 한다 해도 회사를 그만둘 수 없으리라 믿었기 때문이다. 결혼하고 회사를 그만두는 건 나랑은 다른 세계 얘기라고 생각했다.

그런데 재혼을 하고 1년쯤 회사를 다니고 있을 때쯤, 자꾸만 다른 생각이 들었다. 공부가 더 하고 싶었다. 그때는 그 다른 생각이 절실했지만 지금 생각해보면 결혼을 안 했다면 과연 내가 그런 결정을 했을까 싶은 게 솔직한 심정이다.

결혼 여부와 상관 없이 회사 생활을 해야 한다고 생각해왔고 과거에는 여자들이 결혼을 핑계로 회사를 그만뒀지만 지금은 결혼 후에도 회사 일에 더 매진하는 것이 신세대 여성의 자세라고 믿어왔던 내가 막상 결혼을 하고 나니 변했다.

물론 회사를 그만두고 나는 일본에서 연구원 과정을 다녔고 한국에 와서 대학원을 다녔다. 공부를 하기 위해 회사를 그만뒀다고 말하는 내 자신을 멋있다고 생각했고, 실제로 회사를 그만둘 때 상사는 물론이고 다른 사람들에게도 대학원에 진학하기 위해 그만둔다고 했었다. 그러나 과연 내가 결혼하지 않았다면 가능한 일이었을까? 그동안 먹고살 걱정하며 회사를 다니던 상황에서 이제는 나 대신 먹고살 걱정을 하는 남편이 있다는 생각에 과감히 회사를 그만둔 것은 아닐까?

이 사실을 부정할 수 없었다. 어떻게 보면 보다 더 나은 나 자신을 위해 공부를 택한 모습일 수도 있지만 냉정하게 말하자면 결혼을 한 것이 더 근본적인 이유라는 것을 어찌 부정할 수 있을까.

결혼하고 회사를 그만두는 건 나랑은 다른 세계 얘기라고 생각했다.

결혼 후 대학원을 다니던 시절은 내 인생의 황금기였다. 20대의 불안감 대신 정말 하고 싶은 공부에만 전념할 수 있는 시간이었다. 그 시기에 책도 많이 출간했다. 진정 생계 걱정 없이 공부하고 일할 수 있는 시기였던 셈이다. 물론 이 황금기는 아이를 키우면서 막을 내리게 되었지만.

간혹 회사를 다니지 않고 공부를 하거나 프리랜서로 일하는 것을 꿈꾸는 사람이 있을 것이다. 그런 사람들이 있다면 반드시 수입의 현실적인 면과 자신의 현재 상황을 고려해야 한다는 당부를 하고 싶다. 나 역시 작가, 카운슬러라는 타이틀을 갖고 있지만 이런 프리랜서의 수입은 아주 형편 없기 때문이다. 돈벌이가 되는 몇몇이 되려면 직장인보다 더 많은 시간을 투자하고 일을 해야 하니까 집안일과 병행하는 나로서는 돈벌이가 되지 않는 것이 당연하다. 이런 선택을 한다면 대부분은 돈벌이를 포기해야 한다는 것을 기억하자. 돈벌이를 포기해도 먹고살 환경인지 확인하라는 것이 내가 진짜로 하고 싶은 말이다.

나 스스로도 이런 상황에 적응하기까지는 시간이 걸렸던 것 같다.

매일 출근해서 일해야 하는 회사로부터 벗어난 해방감도 있었지만 그
와 함께 매달 들어오던 월급이 없으니 상실감이 들기도 했다.

잃은 것이 월급이라면 얻은 것은 '시간'이다. 회사를 다닐 때는 늘
시간이 없었다. 평일에 일이라도 하나 처리하려면 며칠 전, 혹은 몇
달 전부터 상사 눈치를 보고 하루 휴가나 반차 등을 써야 했고 여행
한 번 가려면 회사의 프로젝트 기간 혹은 상사가 '안 된다.'고 할 것
같은 기간은 피해야 했다. 물론 이런 것은 쉽게 드러나고 표면적인 변
화들이다.

회사를 그만두고 처음 홋카이도 여행을 계획했을 때였다. 회사를
다닐 때라면 검색 몇 번해서 비행기표 사고 숙소를 사면 끝이었다. 물
론 이것저것 따지며 여기저기를 많이 다니는 여행 스타일이 아니기도
하지만 무언가 자세히 알아볼 시간도 여유도 없었다.

그런데 시간이 많아지다 보니 조금 더 많이 검색하고 더 많은 정보
를 보게 되었다. 그러다 보니 더 싸고 좋은 숙소를 발견할 수 있었다.
싸고 좋은 숙소를 발견해서 좋았다는 것이 아니다. 내가 좋아하는 것
에 정작 시간을 쓰지 못하고 있었다는 반성이 들었다. 회사 외의 모든
일은 '짬을 내서 한다.'는 의식이 강했다. 짬을 내서 장을 보고, 짬을
내서 책을 읽고, 짬을 내서 친구를 만나고 짬을 내서 연애를 하고….
그렇게 나에게조차 시간을 쓰지 않았던 내 일상이 너무 많았다는 것
을 알게 되었다.

흔히 백수가 더 바쁘다는 말을 한다. 이 말은 회사가 중심이고 다른

일을 짬짬이 하는 패턴과 달리 어쩌면 모든 일 하나하나를 중요하게 여겨서가 아닐까?

　회사에 다닐 땐 인터넷뱅킹이 안 되어 은행에 직접 가면 엄청 손해 본 듯한 느낌이었지만 이제는 가까운 은행이라면 직접 가보자는 생각이다. 그렇게 은행도 가고 읍사무소(내가 사는 곳은 읍이라 읍사무소에 가야 한다.)도 가고 우체국도 직접 가면서 또 다른 세상을 보게 된다. 그리고 무엇보다 감사한 건 내 가족에게 시간을 쓸 수 있다는 것이다. 아이에게도 시간을 더 많이 쓸 수 있고 또 아픈 아버지를 잠시나마 간병할 수 있다. 만약에 회사를 다녔다면 주말에 아이에게 시간을 쓰고 또 그 시간을 쪼개 아픈 아버지를 말 그대로 들여다 보는 정도였을 것이다.

　결혼하고 '노는 여자'가 되어서야 진짜 내가 소중히 하고, 함께 시간을 보내야 하는 일들에 집중하게 된 셈이다. 쓰고 보니 '기승전결혼'스러운 이야기 같지만 그보다는 지금 하고 있는 일의 가치를 있는 그대로 받아들이라는 뜻으로 들었으면 한다. 나에게 그러했듯이, 절박한 생계의 다른 이름으로 일을 이해한다면 마음 속의 갈대를 잠재울 수 있지 않을까?

앞으로

뭐 할 거예요?

6년 전쯤 점심을 먹으러 가던 중에 동갑내기 남자동료가 나에게 물었다.

"넌 몇 살까지 일할 거야?"

"글쎄… 한… 마흔 살?"

나의 대답에 남자동료는 "부럽다."를 연발하며 자긴 최소 쉰다섯 살까지 일해야 한다며 남자의 신세를 한탄했다. 그랬던 내가 나이 마흔이 넘어 아직까지도 직장 생활을 하고 있을 줄은 꿈에도 생각지 못했다. 그때 나는 왜 마흔까지만 일할 것 같다고 생각했는지, 여자라서 부럽다는 그 친구의 말이 주는 의미 등 많은 생각이 머리를 스쳐간다.

IMF 시절, 회사에서 잘리지 않도록 젖은 낙엽처럼 찰싹 붙어서 버티라고 하던 서글픈 농담이 많았다. 사실 그때는 그렇게 와 닿지 않았고 그저 우스갯소리로 들렸는데 지금 이렇게 나이를 먹고 회사에서 버텨보니 젖은 낙엽 정신이 무엇인지 확실히 알 것 같다.

젖은 낙엽 신세라서 한심하고 서럽다는 이야기를 하려는 건 아니다. 내가 이 나이까지 이렇게 일해보지 않았다면, 모친이 바라신 대로 돈 잘 버는 남자한테 시집가서 그의 경제력에 편승하며 살았다면 먹고사는 문제의 이 절실함과 혹독한 무게를 알기나 했을까. 보살펴주시는 부모님 덕분에 세상이 무서운 걸 몰랐던 내가 이 나이가 되어서라도 이렇게 조금은 세상의 무서움을 깨닫게 되었으니 이건 오히려 잘된 일인지도 모르겠다.

그럼 6년 전의 나는 무슨 근거로 마흔 살까지 일한다고 생각했을까. 이제 와서 돌이켜보면 일에 대한 생각은 전혀 없이 오직 결혼이라는 변수를 기준으로 생각한 결과였던 것 같다. 아무리 못났어도 마흔 전에는 결혼할 거라는 막연한 확신과 결혼하면 회사는 때려쳐야지라는 감춰둔 속마음이 만나서 튀어나온 말이 아니었을까.

피오나 님의 경험처럼 나 역시 커리어 우먼인 척 코스프레를 하면서도 결혼하면 회사는 그만둘 거라는 속마음을 감추고 있었던 것 같다. 그래, 말 그대로 정말 감추고 있었다. 드러내면 모양이 빠지잖아. 코스프레 중이니까.

커리어 우먼인 척 하면서도 내 일에 대한 설계는 하나도 없이 결혼이라는 큰 변수를 기회 삼아 언제든지 벗어날 궁리만 하고 있었던 것 같다. 남자와 여자의 사회생활 수명에 차이가 벌어지는 것은 바로 이 정신상태 때문이라고 생각한다. 동갑내기 남자동료는 이미 최소 쉰다섯 살까지는 버티겠다는 각오가 되어 있었던 것이고 나는 서른다섯이든 여섯이든 언제든지 벗어나겠다는 생각만 하고 있었던 게 아닌가.

그래서 뭐? '여자후배들이여, 정신상태를 바로잡으라.'는 소리냐고? 설마 내가 그런 소리를 할 리가 없지 않은가. 결혼과 일 사이의 무게중심을 조절하는 건 각자의 판단이 바로 정답이라고 생각한다. 다만 코스프레를 한다는 것, 그건 좀 문제다. 나도 내가 왜 그렇게 오랫동안 코스프레를 하면서 살았는지 생각해보니 그 원인이 당황스럽게도 나의 출생 배경까지 올라가더라.

나는 딸, 딸, 딸, 딸, 아들의 막내딸로, "이번엔 아들이 확실하네요."라는 의사의 오진 덕분에 태어났다! 오진 덕분에 목숨은 건졌으나 아들인 줄 알았던 모친의 아들용 태교와 세상에 나오고 보니 또 딸이냐는 구박, 아들이었어야 한다는 압박으로 귀여운 방울머리 한번 못 해보고 사내아이처럼 동그랗게 잘라내린 바가지머리를 하고 우울한 유년시절을 보냈다. 그렇게 자라서 고등학생이 되고 보니 여학생들이 러브레터를 주질 않나 인생이 힘들어지기 시작했다.

대학생이 되면서 외모는 여자가 되었는데 속이 아직도 남자라 예뻐해준 오빠들을 과감하게 차버리고, 사회로 진출해서는 남자동료들한테 한마디도 지기 싫어 야근을 불사하고 학생 때보다 더 열심히 공부한 것이다.

그때는 졸업과 동시에 결혼을 하거나, 결혼한다고 회사를 그만두고 그러면 여성으로서 사회의식이 좀 떨어지는, 그런 건 '배운 여자'가 할 짓이 아니라고 생각했었다. 모친이 나를 시집 잘 보내려고 공부시켰다는 것도 나는 대학을 졸업하고 나서야 알았다. 어려서부터 집안일조차 도울 필요 없다며 공부만 잘하면 된다고 그렇게 열심히 뒷바라지를 해주신 게 나 자신의 성공이 아니라 '시집을 잘 보내기 위해서'라는 게 선뜻 이해되지 않았다.

한마디로 말해서, 딸들에게도 교육의 기회는 주어졌으나 남아선호사상은 사라지지 않은 어중간한 시대에 태어난 것이 운명이라면 운명이랄까. 아직 싱글인 친구들 중에, 아들이길 원했던 딸들이 많은 걸보면 커리어 우먼 코스프레의 원인을 출생의 배경에서 찾는 게 무리는 아닐 것 같다.

진정한 커리어 우먼들을 코스프레로 치부하는 건 절대 아니다. 그런 분들은 정말 똑똑하고 훌륭한 분들이고 내가 지금 이야기하는 건나 같은 일개미들, 아니 그냥 내 얘기다.

결혼 여부와 상관없이 자신의 일을 계속하고 싶다면 누구한테 보여주기 위해, 누군가를 이기기 위해 하는 것이 아니라 나만의 직업관을 가지고 꾸준히 노력해 나가는 자세가 필요한 것 같다. 나의 사회생활을 돌이켜보면 직업에 대한 가치관도 없이, 여자가 집에 있으면 '후지다'는 편견과 남자들한테 지기 싫다는 욕심만으로 버텨왔던 것 같다. 그러니 잘될 턱이 있나. 변변한 직업관도 없이 마흔 살이 넘어서도 직장에 붙어 있을 수 있는 게 그때 잠시 욕심부려 일했던 덕인지는 모르겠지만 말이다.

나의 사회생활을 돌이켜보면 직업에 대한 가치관도 없이. 여자가 집에 있으면 '후지다'는 편견과 남자들한테 지기 싫다는 욕심만으로 버텨왔던 것 같다.

코스프레로 버틴 15년 직장생활, 앞으로 얼마나 더 버틸 수 있을까. 코스프레로 버틸 수 있는 한계점이 마흔 정도인 것 같다는 생각도 든다. 6년 전만 해도 "몇 살까지 일할 거야?"라는 질문을 받았다면 바로 한달 전에는, 남자사람 친구에게 "앞으로 몇 년 더 다닐 수 있을 것 같아?"라는 질문을 받았다. 두 질문의 미묘한 뉘앙스 차이가 서글퍼진다. 한달 전에 받은 질문에는 '물론 너는 계속 다니고 싶겠지만 그건 회사에서 결정할 거야.'라는 뜻이 생략되어 있는 듯해서. 나의 의지를 묻는 것이 아니라는 대목에 서글퍼진다.

저 질문뿐만 아니라 최근에 직장과 일에 대해 받은 질문이 대부분 비슷하다. 예를 들면, 대뜸 "언니는 앞으로 뭐 할 거예요?"라는 질문을 받기도 하는데 이 역시 '어차피 회사는 나와야 하잖아요.'라는 말이 생략되어 있다. 이제 누가 봐도 커리어 우먼으로서 나의 생명력이 얼마 남지 않아 보이는 모양이다.

그래서 앞으로 뭐 할 거냐고? 지금 다니는 회사 열심히 다닐 거다.

달리 뾰족한 수가 있나. 뭘 해야 할지 모를 때는 하던 걸 열심히 하는 게 정답이라고 예전에 피오나 님이 해준 말이 기억난다. 몇 년이나 더 다닐 수 있을지는 나도 궁금하다. 코스프레였든 아니든 마흔 살 넘어 열심히 직장생활하고 있는 우리를 서로 응원해주자. 버티는 삶이 아름답다고!

잘릴 거 같을 땐
여자처럼 입고 출근해봐

커리어 우먼 코스프레도 그 약발을 다해가는 마흔이라는 나이에 조금이라도 회사에서 존재감을 부각시킬 수 있는, 나만의 영역을 확보할 수 있는 전략이 있다면 무엇이 있을까? 올해로 쉰을 넘긴 우리 회사 여자 상무님이 회식자리에서 이런 말씀을 하셨다.

"개처럼 일하고, 남자처럼 생각하고, 여자처럼 입어라."

여자처럼 입어라…? 여자처럼? 이 말을 듣는 순간, 내가 한동안 착각하고 있었던 게 바로 이거라는 사실을 깨달았다. 개처럼 일하고 남자처럼 생각하면서도 결국엔 여성성을 잃어선 안 된다는 말씀.

30대 후반에 한동안 검정 바지에 검정 자켓만 입고 다녔던 때가 있었다. 회사에서 살아남기 위해 남자가 되려고 했던 것 같다. 스스로에게 남자처럼 입으라는 최면을 걸면서 옷장을 검정색으로 가득 채웠다. 남자처럼 소매를 둥둥 걷어 올리고, 호주머니에 손을 찌르고, 담배 피는 자리에 따라다녔다. 여자처럼 입는 것은 나약함을 드러내고, 논리보다는 감성에 호소하고, 독립적 존재로 인정받지 못한다는 피해의식이 강했던 것 같다. '나를 봐, 난 너희들과 다르지 않아.'라는 걸 겉모습으로 보여주려고 했던 것이다.

주변을 살펴보면 이런 현상은 결혼하지 않은 직장여성들에게 주로 나타난다. 오늘도 검정 바지에 검정 자켓을 입고 출근한 싱글녀가 어딘가에 분명 있을 것이다. 나이든 싱글녀가 직장 내에서 남자가 되기로 결심하는 이유는 뭘까?

대기업에서 여성리더 워크샵에 참가했던 친구는 이런 이야기를 했다.

"여성 리더는 딱 두 부류더라. 하나는 개처럼 일해서 아등바등 올라온 아줌마, 또 하나는 노블레스 오블리주의 태도가 뼛속부터 배어 있는 상류 출신의 여성."

위를 올려다 볼수록 남자들의 비율이 월등히 높은 회사 내에서 나도 저들에 속하려면 남자가 되어야겠다고 생각하기 쉽지만 정작 위로 오른 여자들은 강한 여성성을 가지고 있는 사람들이라는 것이다. 아줌마는 강인한 모성으로 무장을 하고 있으니 남자들이 근접할 수 없는 여성의 영역이고, 상류 출신의 여성이야 말할 것도 없이 고상하고 우아한 여성미를 유지하고 있을 것이다.

그러나 나이는 들었으되 아줌마가 되지 못한 우리들은, 다시 태어나서 상류층 여성이 될 가능성은 더욱 더 없는 우리들은, 나이 마흔에 아줌마가 아닌 여성성이 뭔지 보고 배운 게 없는 우리들은 이것도 저것도 안 되니 남자가 되기로 결심하는 것이다.

하지만 영원히 진짜 남자는 될 수 없고, 그렇다고 여자도 아닌 회사 내의 책상이나 파티션 같은 무성(無性)의 존재, 내가 의자인지, 의자가 나인지 헷갈리는 그냥 공간을 채우는 '물건'이 되어가고 있다는 걸 나는 한동안 깨닫지 못했다.

그럼 나는 어떻게 시커먼 옷장에서 벗어날 수 있었을까? 돌이켜보면 내가 검정 바지에 검정 자켓을 고집하던 시기는 혼자 고양이를 키우며 땅굴을 파던 시기와 일치한다. 그렇게 회사 내에서 남자직원들과 자리싸움에도 지쳐갈 즈음 땅굴에서 나와서 다시 친구도 만나고 연애도 해야겠다고 생각하면서 스커트와 블라우스를 사서 모으고 다시 여자로 변신할 수 있었던 것 같다.

회사에서 오래오래 살아남으려면 여자처럼 입어야 한다.
책상이나 파티션 같은 무성의 존재가 돼서는 곤란하다.

내가 다시 여자처럼 입기 시작하자 경직된 표정으로 자리 싸움을 하던 남자직원들의 얼굴이 완전히 달라졌다. 요즘 좋은 일 있냐며, 엄청 밝아보인다며, 얼굴 좋아졌다며, 모두가 환히 웃는 얼굴로 나를 대했다. 솔직히 나는 딱히 좋은 일이 있었던 것도, 얼굴이 좋아질 일도 없었다. 그냥 내가 여자처럼 입은 게 나를 그렇게 보이게 한 모양이다.

게다가 남자들이 웃는 얼굴로 나를 대하자 오히려 사내에서 나만의 자리가 만들어지는 느낌이었다. 우스갯소리로 조금 과장을 한다면 그들은 시커멓게 몰려다니는 먹구름, 나는 햇살 정도?

더 길게 가봐야 알 수 있겠지만, 남자 경쟁자들이 경직된 표정을 풀었을 때, 내 자리에 더 여유가 생긴 것은 확실하다. 두 달 전, 회사에 마흔두 살에 미혼인 여자팀장이 새로 영입되었다. 그녀는 회사가 새롭게 시도하는 신사업의 수장으로서 시작부터 타부서 팀장들과 불꽃 튀는 싸움을 계속 하고 있다. 바로 그녀가 매일 같이 검정 바지에 검정 자켓을 입고 온다.

아직 그녀에겐 말하지 못했지만 오래오래 살아남으려면 그녀는 여자처럼 입어야 한다. 그녀는 개처럼 일할 준비도 되어 있고, 생각도 남자처럼 하는 것 같다. 여자처럼 입기만 하면 성공할 수 있을 것이다.

그럼 남자처럼 생각하는 건 뭐냐는 질문을 할 것 같은데 여기서 남자처럼 생각하라는 건 생각을 처리하는 방식의 문제가 아니라 돈벌이에 임하는 자세를 말하는 것이 아닐까. 커리어 우먼 코스프레 하지 말고 부양가족이 주렁주렁 달린 아빠의 절실함으로 임하라는 뜻 말이다.

가장의 절실함도 있고 여자 같은 옷도 많지만 개처럼 일하기는 싫다고? 그 마음 이해한다. 그런데 그건 답이 없다. 다 됐고, 일단 일은 열심히 해야 한다. 여자처럼 입어도 열심히 안 하면 잘린다. 오늘도 열심히 일한 당신. 그렇게 열심히 일하면서 부디 남자처럼 입지 말자.

영원히 남자는 될 수 없다. 남자처럼 입다 보면 결국 무성인간이 될 뿐이다. 무성인간으로 살다 보면 결국 책상이나 파티션이 될지도 모른다. 파티션이 되면 레이아웃 바꿀 때 철거될지도 모르고.

누구한테 예쁘게 보이라는 게 아니다. 사내에서 연애를 하라는 게 아니다. 그저 당신의 정체성 문제일 뿐. 당신이 파티션이 될까봐 그렇다. 진심이다.

회사로 갈까,
집으로 갈까

　싱글이 일을 놓고 고민하는 것 못지않게 기혼자의 고민도 깊다. 특히 요즘에는 여자가 아이가 생겼다고 해서 일을 그만두지 않는 분위기다. 맞벌이를 선호하는 사회적 현상도 한몫할 테고, 아이가 생겨 일을 그만둔다고 하면 대학 공부한 것이 아깝다거나 지금까지 일한 경력이 아깝다고 보는 사람이 많다. 더구나 앞으로 승진하고 더 많은 돈을 벌 미래가 있을 텐데라며 어려운 현재만 조금 참으면 밝은 미래가 펼쳐질 것처럼 견디라고 말한다.

　아이를 키우면서 일을 할 것인가, 아이만 볼 것인가는 현재도 그렇지만 앞으로도 계속 여자들이 고민하는 문제가 아닐까 싶다. 또 단순히 출산시기에만 국한된 고민이 아니라 아이가 초등학교에 입학하면 오히려 어렸을 때보다 엄마가 옆에 있어야 한다는 이야기도 있어서 엄마가 일을 하느냐 아이를 돌보느냐는 아이의 성장과 더불어 계속되는 고민이다.

나는 이런 선택이 비교적 쉬운 편이었다. 아이가 생긴 것이 마흔넷이었고 이미 직장을 그만둔 터라 당연히 아이만 보게 되는 상황이었다. 이로 인해 뼛속 깊이 깨달은 것이 있다. 워킹맘이 전업주부보다 더 힘들 거라고 착각했다는 사실이다.

'밭일 할래? 아이 볼래?'라고 하면 밭일 한다고 하는 어른들의 말씀이 얼마나 와 닿던지. 아이 보는 일이 이렇게 힘들 줄 몰랐고, 힘들게 직장 생활도 했는데 그까짓 애 하나 못 키울까 생각한 것이 얼마나 오만했었는지 처절하게 깨닫고 있다.

전업이 되면 우아하게 아이를 돌보며 가끔 시간 날 때 문화센터를 다니는 삶이 펼쳐질 줄 알았다. 그런데 24개월이 다 되어 가는 지금 이 시점에도 잠도 제대로 못 자고 먹는 것도 제때 못 먹기 일쑤고 화장실도 제대로 가지 못하는 일상이 쭉 이어지고 있다. 최소한 직장을 다닐 때는 정해진 시간이 있고 점심 시간도 보장되었고 그래도 화장실은 맘대로 갈 수 있었다. 그리고 인터넷 서핑을 하며 쇼핑을 할 수 있는 땡땡이 시간도 있었는데 아이를 돌보면서는 컴퓨터를 켜는 날보다 못 켜는 날이 더 많았다.

전업이 되면 우아하게 아이를 돌보며 가끔 시간 날 때 문화센터를 다니는 삶이 펼쳐질 줄 알았다.

아이를 키우게 된 이후로 따로 시간을 낼 수 없어 시간제 보육에 애를 맡기고 글을 쓴다. 누군가는 그럴 것이다. 조금 더 오래 아이를 맡기고 혹은 어린이집에 정기적으로 맡기고 일을 더 하면 되지 않냐고.

물론 이론적으로 맞는 말이다. 그리고 나도 늘 마음 속에서 갈등을 한다. 내가 아이를 맡기고 일을 하면 더 많이 하고 혹은 더 돈도 많이 벌 텐데. 그러면 아이한테 더 좋을 수도 있을 텐데. 그런데 쉽게 결정하지 못하는 이유는 무엇 때문일까?

여러 가지 이유가 있겠지만 내 나이도 한몫한다. 이미 직장을 그만두기도 했거니와 다시 직장을 들어가기도 어려울 테고 굳이 이 나이에 직장을 다니며 아이를 키워야 하는가 싶기도 하다. 그렇다고 워킹맘에 대한 콤플렉스가 없는 것도 아니다.

얼마 전 엘리베이터에서 퇴근하고 아이를 찾아서 집에 돌아오는 위층 여자와 마주쳤다. 커리어 우먼 옷차림의 그 여자와 달리 아이를 데리고 나갔다가 돌아오는 나의 후줄근한 옷차림 때문에 정중하게 혹시나 층간 소음이 있다면 죄송하다고 하는 그녀의 예의 바른 태도에 사과를 받는 내가 오히려 쥐구멍에라도 숨고 싶어졌다. 겉으로 드러나는 커리어 우먼과 전업이라는 비교 때문이었을까, 나도 회사를 다닌 적이 있는데도 그 상황에선 내 몰골이 창피하다는 생각을 했다.

서둘러 집에 들어와 도대체 이 뼛속 깊은 커리어 우먼 콤플렉스는 어디에서 오나 생각해보다가 어쩌면 여자들은 일하는 여자에 대한 콤플렉스를 평생 안고 가는 게 아닌가 하고 스스로를 위안하기도 했다. 그리고 다시 이 나이에 직장 다니며 애 키우는 것보다는 그래도 애만 키우는 게 나은 거라고 나를 다독였다.

두 번째 이유는 '아이는 엄마가 키우는 것이 좋다.'는 맹목적인 믿음 때문이다. 아이는 엄마가 키워야 하는가, 아니면 남이 키워도 되는가 하는 오랜 논란이 있지만 최근에는 '애착이론'이 더 득세하는 분위기다. 어릴 때의 애착관계가 평생의 관계에 영향을 미친다는 이 이론 때문인지 모르겠지만 워킹맘에게는 죄책감이 있다고 한다. 정작 엄마가 붙어서 키운 아이나 워킹맘 밑에서 자란 아이 사이에 큰 차이가 없었지만 워킹맘에게는 죄책감이 생긴다는 점이 내가 전업을 고수하게 된 배경이다.

우리는 보통 아이를 키운다고 하면 아이만 주목하게 된다. 아이가 얼마나 잘 자라는지, 공부를 얼마나 잘하는지에 집중한다. 그런데 나는 아이의 상태 못지않게 엄마도 중요하다고 생각한다. 아이를 키우고 있는 엄마가 어떤 상태인지, 만약에 죄책감을 가지고 아이를 키운다면 그 죄책감이 아이에게 전달되지 않을까 걱정된다.

우리는 아이가 잘 자라는 것을 눈에 보이는 기준에서 찾으려 한다. 아이의 정서는 아무도 눈여겨보지 않는 것 같다. 나는 내 아이를 죄책감을 갖고 키우고 싶지 않다. 물론 엄마로서 아이에게 잘한다고 큰소리를 칠 수는 없지만 그렇다고 해서 일 때문에 아이에게 소홀하다는 죄책감을 느끼고 싶지 않다.

일을 하면서 죄책감을 가지지 않으면 되지 않느냐고? 그게 쉽다면 누구나 그렇게 했을 것이다.

아이를 시간제 보육에 처음 맡기던 때가 기억에 남는다. 아이를 처음으로 떼어놓는 기분이 참 묘했다. 처음에 아이는 멋모르고 있다가 두 시간 후에 내가 찾으러 갔더니 엉엉 울었다. 물론 아이들이 처음에 엄마에게서 떨어질 때는 다 그렇다고 넘길 수 있다. 그러나 나는 왠지 모를 죄책감이 느껴졌다. 내가 얼마나 대단한 일을 한다고 아이를 떼어놓았을까 하는.

만약에 죄책감을 가지고 아이를 키운다면 그 죄책감이 아이에게 전달되지 않을까 걱정된다.

이 생각이 잘못된 것이든 자연스러운 것이든 누구나 이런 생각을 한다는 것이 더 중요하다. 아이를 엄마가 키워야 더 잘 키운다는 그런 쓸데 없는 자신감은 이미 포기한 지 오래다. 누가 아이를 잘 키운다고 장담할 수 있겠는가. 그저 아이를 키우는 내가 조금 더 밝은 기분이라면 그 기분이 아이에게 전달되어 아이가 좀 더 행복하지 않을까 하는 그런 소박한 생각일 뿐이다. 워킹맘이든 전업맘이든 죄책감과 부담을 덜어내는 쪽으로 양육을 바라보는 시선이 바뀌면 좋겠다고 생각한다.

여전히 나도 커리어 우먼이 부럽고 아이를 키우며 직장생활 하는 여자들이 대단해 보이고, 아이를 맡기고 일하면 나에게도 좋고, 돈도 버니까 아이한테도 좋지 않을까 하며 고민을 한다. 어쩌면 전업이냐, 워킹맘이냐라는 고민은 한 번의 선택이 아니라 평생 안고 가는 '갈등'인지 모르겠다. 어느 쪽이 더 낫다고 할 수 없고, 한쪽에 대한 미련과 후회가 남는 어려운 선택이자 끝나지 않은 갈등을 감당해야 것이 여자들의 현실일 것이다.

오늘도 많은 엄마들이 어떤 엄마가 좋은 엄마인지 고민할텐데 엄마로서 나의 신조는 '좋은 엄마 말고 그냥 엄마 하자.'이다. 그냥 엄마 하기도 버거운 세상이다.

여자 한 테 는
선 생 질 이   최 고 지

"여자한테 최고의 직업은 선생질이다! 그게 싫으면 공무원을 하든지! 다른 건 안돼. 여자는 안돼."

20년 전 아버지가 저 말을 함으로써 나는 선생이랑 공무원만 빼고 아무거나 되기로 마음먹었다. 20년이 지나, 그때 그 말씀이 진리였다는 걸 깨달았을 때 왜 친하지도 않은 딸에게 저런 소릴 해서 내 반항심을 불러일으키셨는지 옳은 말을 한 아버지를 마구 원망했다.

사실 20년 전에 저 말을 들었을 때도, 딱히 난 무엇이든 될 수 있다는 자신감이 있었던 것도, 난 꼭 이게 될 거라는 꿈이 있었던 것도, 마땅한 반박 논리가 있었던 것도 아니었다. 단순히 아버지가 되라고 하니까 되기 싫었을 뿐이다.

저 말이 진리라는 건 서른이 넘으면서 조금씩 피부에 와 닿기 시작했지만 어쨌든 당장은 회사를 다니고 있으니 크게 고민하지 않았다. 그렇게 우물쭈물 일 이년 지나다 보니 어느덧 마흔 줄에 몰려서 아무 것도 새로 시작할 수 없고, 회사에서 내 자리도 없는, 절체절명의 위기에 맞닥뜨리게 되었다. 지금 내 주변에서 결혼 여부를 떠나 직장에 대한 걱정이 없는 건, 바로 저기 아버지의 말씀에 등장하는 선생님과 공무원뿐이다.

마흔 살, 쉰 살에도 여자가 자신의 직업을 유지하려면 어떤 일들이 있을까. 주변인을 관찰한 결과 대략 이렇다. 무조건 이 중 하나에 속해야 한다. 일반 직장인은 절대 계속 못 다닌다. 서른을 넘었고 결혼의 전망도 보이지 않는다면 빨리 진로 변경하라고 말해주고 싶다.

1. 선생님

초중고등 교사면 좋고, 그게 아니라도 '가르치는 일'로 확대해서 볼 수 있겠다. 학원에서 외국어를 가르치거나, 미술이나 음악 등을 가르치는 일 등도 포함할 수 있다. 아, 박사학위를 따서 대학에서 시간강사를 하는 경우도 있지만 주변인들의 케이스를 살펴본 결과, 교수가 되는 길은 멀고도 험하여 노력 대비 만족의 크기가 너무 작은 것 같다. 게다가 박사씩이나 할 수 있는 머리와 인내심을 가진 것만으로도 평범보다 한 수 위이니 교수는 논외로 하기로 하자.

2. 공무원

예전 직장동료였던 S양은 직장생활을 하다가 서른여덟에 공무원 시험 공부를 시작, 마흔에 9급 공무원으로 출근을 시작해서 현재 4년 차에 이르고 있다. 그 언니가 공부를 시작할 때 잘 될까 하며 걱정하던 우리 모두가 지금은 언니를 제일 부러워한다. 언니는 미혼이고 혼자 살지만 부모님조차 그녀의 미래를 그리 걱정하지는 않는 것 같다. 왜? 평생 먹고살 걱정을 덜었으니 말이다.

3. 전문직

어렸을 때부터 똑똑해서 대학부터 제대로 골라간 모범생으로 의사, 약사 등 넘볼 수 없는 전문직을 가지고 있거나(요즘은 의사도 별로라는 말이 있지만 누가 뭐라 해도 일반 직장인보다는 살 길이 탄탄한 게 틀림없다.) 회계사, 변리사 등 3~4년 죽도록 공부해서 큰 시험에 합격한 경우도 직업 안정성이 높다.

4. 프리랜서

디자이너, 작가 등등 나 자신의 브랜딩에 성공한 케이스로 그 어떤 시험에 패스하는 것보다도 개인의 역량이 뛰어나야 하므로 일반인 중에서도 이에 해당하는 경우가 가장 적다고 할 수 있다.

5. 자영업
돈이 있어야 가능하다.

자, 이거 봐라, 이렇게 적고 보니, 저 중에 가장 할 만하고 노력 대비 만족도가 큰 게 바로 선생님이다. 이러한 배경으로 아버지의 명언 "여자한텐 선생질이 최고"라는 말이 나오게 된 것이다. 물론 이 이야기에 동의하지 않는 사람도 있을 것이다. 특히 아직 10대, 20대라면 더욱 그렇겠지. 세상에 직업이 저게 다냐며, 나는 꿈이 있다며 이따위 이야기는 집어치우라고 할 수 있겠지. 그렇지만 생각해봐야 할 것은 본인이 가진 능력에 대한 객관적인 평가와 그 꿈이라는 게 고작 5년짜리, 10년짜리 꿈은 아닌지 생각해 보라는 것이다. 그 꿈이 마흔 살, 쉰 살에도 밥 먹여 줄지 말이다.

하긴, 꿈이 있다며 고집하는 경우는 사실 문제가 안 된다. 문제는 나처럼 꿈도 없으면서 반항심에 보장된 길을 가지 않은 경우라 하겠다. 20년 전에 저 말을 들었을 때, '세상은 변하고 있어. 아빠는 구세대야. 그러니까 저 말은 틀릴 거야.'라고 막연히 생각했다. 그렇다. 세상은 변했을지 몰라도, 아름답게 변화하는 세상이 내 차지는 아니라는 것을, 그야말로 세상을 이끄는 소수의 것이라는 현실을, 나 같은 개미들은 세월이 흘러도 변하지 않는 틀 속에 갇혀 있다는 것을, 그리고 내 능력으로는 그 틀을 뛰어넘을 수 없다는 사실을 몰랐던 것이 함정이다.

그렇지만 아버지에 대한 반항심을 빼더라도 내가 선생이라는 직업을 좋아하지 않았던 것은 사실이다. 교육에 대한 자기 철학이 있는 사람이 교사가 되어야 한다고 믿기에 학창시절 만났던 선생님이나 방학이나 기다리는 선생 친구들을 보면 여전히 마음에 들지 않는다.

> **세상은 변했을지 몰라도, 아름답게 변화하는 세상이 내 차지는 아니라는 것을, 그야말로 세상을 이끄는 소수의 것이라는 현실을 몰랐다.**

하지만 나의 이런 직업관에도 불구하고, 여자에게 최고의 직업이 선생님이라는 건 인정할 수밖에 없다. 정년까지 다닐 수 있고, 평교사로 남더라도 선생님이라는 사회적 지위가 유지되고, 연금도 나오니까 말이다. 그러니까 자식이 하는 꼴을 봐서 이게 별 특기가 없다 싶으면 무조건 선생 시켜야 한다. 우리 아버지처럼 말이다. 그럼 또 그 자식이 반항하다가 20년 후에 후회하겠지. 2034년이라고 우리 개미들의 세상이 달라졌을까. 크게 달라지진 않을 것이라는 데 한 표 걸어본다.

선생도 아니고, 마흔 살도 넘었고, 결혼도 못 한 내가 이제 와서 이렇게 후회하고 있는 게 무슨 소용이랴 싶지만, 이렇게 하나 하나 돌아보며 나의 위치를 알아가는 것이 말하자면 '내려놓기'의 과정인 것 같다. 잘못되었던 나의 판단을 받아들이고 앞으로의 일을 도모하는 긍정의 사이클로 가는 과정 말이다. 이렇게 훈훈하게 긍정적 분위기로 마무리 하려는 순간, 떠오르는 아버지의 또 다른 말씀!

　"여자가 결혼이 늦으면 말년이 비참하다!"

　이것은 훈계인가 저주인가. 이 말만은 사실이 아니길 바란다. 사실 여부는 20년 후에 밝혀집니다.

가족, 친구, 동료 언제까지
옆에 있어줄까?

혼자 사는 여자

처음 보나요?

나는 모친과 다섯 정거장 떨어진 곳에 산다. 그런데 재미있는 건 이런 사실을 말했을 때 그러면 뭐 하러 혼자 사냐는 반응을 하는 남자들이 많다는 것이다. 유독 남자들이 그런다. 지난 가을에 있었던 일이다.

"혼자 사세요?"

"네."

"아니, 엄마집도 가까운데 왜 혼자 살아요?"

"나이도 있고…."

"ㅎㅎㅎㅎㅎㅎㅎ 혼자 사니까 좋아요?"

"뭐… 좋다기보다… 혼자 살면서 배우는 것도 많고…."

"ㅎㅎㅎㅎㅎ 뭘 배웠는데요?"(히죽)

뭐가 그렇게 웃겨서 계속 웃는 건지 모르겠고 나는 무척 불쾌해졌다. 뭘 배웠냐며 비웃은 대목에선 정말 분노가 치밀었다. 뭐가 웃긴 걸까. 그도 내 나이를 알고 있었다. 이 나이에 혼자 사는 게 웃긴 걸까.

"부모님과 같이 사세요?"
"전 나와서 살죠."

그러는 자기도 혼자 산단다. 웃긴 자식.
'내가 뭘 배웠는지 말해줄까? 집에 남자 들이기 엄청 좋던데? 술 먹고 데려다주면 라면 먹고 가라고 하고, 되게 되게 좋던데? 이 멍충아!!'라고 쏘아주는 상상을 했다. 이게 네가 상상하는 답이냐.

이런 불쾌한 경험은 그때 한 번만이 아니었다. 엄마집이 바로 옆인데 왜 혼자 사냐는 질문을 많이 받았다. 나는 오히려 아직도 부모님한테 붙어 있다고 하는 게 부끄러울 것 같아 독립할 정도의 자세는 되어있음을 강조해야 한다고 생각했는데 세상의 시선은 그렇지 않다.
혼자 살면 배우게 되는 가장 중요한 한 가지는 바로 내가 가진 돈의 세상적 가치다. 내가 가진 그 알량한 돈을 가지고 세상 한가운데 우두커니 섰을 때 내가 취할 수 있는 것들의 수준이 어느 정도인지 적

나라하게 알게 된다. 이 노래 들어본 적 있나.

〈300/30〉 ─ 씨 없는 수박 김대중

삼백에 삼십으로 신월동에 가보니 / 동네 옥상 위로 온종일 끌려 다

니네 / 이것은 연탄창고 아닌가 / 비행기 바퀴가 잡힐 것만 같아요 /

평양냉면 먹고 싶네

삼백에 삼십으로 녹번동에 가보니 / 동네 지하실로 온종일 끌려 다니

네 / 이것은 방공호가 아닌가 / 핵폭탄이 떨어져도 안전할 것 같아요

/ 평양냉면 먹고 싶네 (후략)

　꼴랑 몇 푼 안 되는 돈으로 살 집을 구하러 다녀본 사람이라면 눈물 나게 와 닿는 노랫말이 아니던가. 가진 게 많아서 수억이 넘어가는 아파트만 보러 다닌 너희들이 지금 나를 비웃는 거냐. 그래도 나는 삼백에 삼십보다는 많은 돈이 있어서 연탄창고나 방공호에서는 살아본 적이 없으니 이 얼마나 감사한 일인지 모른다. 너희들이 지금 그 감사함을 알기나 하고 나를 비웃는 거냐.

　이렇게 추운 겨울날, 방바닥의 따스한 온기가 모두 돈이라는 걸 배웠고, 빈 방에 전기 끄라는 잔소리가 왜 나오는지를 배웠고, 주린 배를 채우려면 도대체 얼마의 돈이 필요한지를 배웠다. 이래도 너는 내가 배운 것들이 진정 우스운 거냐.

　혼자 살게 되면서 먹고사는 문제의 존엄함을 배우게 된 건 사실이

혼자 살면 배우게 되는 가장 중요한 한 가지는 바로 내가 가진 돈의 세상적 가치다.

나 솔직히 그런 거창한 이유에서 혼자 살게 된 건 아니었다. 그런데 자꾸 세상이 특히 남자들이 저런 비웃음을 보내기 때문에 나도 모르게 이런 거창한 이유를 만들어서 방어적인 태도를 취하게 되었는지도 모르겠다.

나는 후배들에게도 네가 모은 그 돈을 가지고 세상 밖으로 나와보라고 많은 걸 알게 될 거라고 말하곤 하는데 내가 잘못된 조언을 하고 있는 걸까?

그때 그 남자는 뭐가 그렇게 우스웠는지 도통 알 수가 없다. 내가 추정해낸 한 가지는 '혼자 사는 여자 = 문란함'이라는 공식이 머릿 속에 들어 있기 때문이라는 것이었다. 그렇게 생각하니 더욱 불쾌하고 화가 났다. 그런데 돌이켜 보니 '혼자 사는 여자 = 모텔비가 굳었다.'는 남자들의 공식도 마흔인 나에게는 그다지 해당사항이 없다는 생각이 든다.

문제의 핵심은 '네가 배운 게 뭐냐?'는 비웃음에 있다는 생각이 든다. 그건 아마 여자가 혼자서 세상을 배우며 문제없이 살아간다는 것이 늘 여자보다 우위에 서고 싶은 남자들의 본성을 거스르기 때문인 것 같다. 그러니 여자가 혼자 살며 배운 것들에 대해 하찮게 조롱하는 뉘앙스의 말을 던지는 게 아닐까.

혼자 사는 여자를 보면 '독립심이 강한가 보다.'라는 생각이 들고 그렇게 강한 여자는 별로라는 사람이 있었는데 이 말을 듣고 보니 위의 이유가 맞는 듯하다.

아무리 남자의 본성을 존중하려고 해도 상대방이 살아온 40년이라는 시간의 무게와 현재를 살아가는 가치관을 무시하고 여자니까 초지일관 '아무것도 몰라요.'라는 자세로 임하기 원하는 것은 어떻게 받아들여야 할까.

그래도 여자로 봐준 것이니 고마워라도 해야 하나? 나에게 비웃음을 주었던 남자들이 모두 나보다 연장자였던 걸 감안하여 그런 사람들은 시대에 뒤떨어진 사고방식으로 사는 사람들이니 상대할 필요가 없는 걸로 결론 짓고 싶은 심정이다. 하지만 정체를 알 수 없는 찝찝함이 남는다. 그 웃음의 의미는 무엇이었을까?

결혼을 못하면
졸지에 불효녀가 되는 현실

결혼을 안 한 우리는 모두 '불효녀'다. 딱히 사회적 성공을 거두지 못한 나 같은 인간은 말할 것도 없고 사회적 성공을 거둔 여성이라 할 지라도 결혼이 곧 효도인 대한민국에서 결혼하지 않은 딸이 불효녀에 서 벗어날 수 있는 방법은 거의 없을 것이다.

제아무리 성공을 했다 하더라도 '그래서 결혼은 언제?'라는 기승전 결혼(어떤 이야기를 시작해도 결론은 결혼으로 끝난다.)의 압박에서 벗어 날 수 없다. 결혼을 안 한 여성들은 대부분 부모로부터 엄청난 잔소리 와 핍박과 멸시와 정신적 학대를 당하고 사는데 그러면서도 우리는 불효한 죄로 사회적 위로를 받지 못할 뿐만 아니라 감히 위로를 받겠 다고 나서지도 못한다.

우리는 자라면서 특별히 부모를 거역해본 적도, 크게 문제를 일으
킨 적도 없지만 단지 결혼을 하지 못했다는 이유로 '졸지에 불효녀'가
되어 세상의 차가운 시선에 내몰린다.

결혼이 시험공부라면 미친 듯이 노력해서 해낼 수 있을 것 같은데
결혼이 나 혼자 하는 것도 아니고! 나도 멋지게 결혼해서 '효도' 한번
진하게 하고 싶지만 현실에선 오늘도 결혼 문제로 엄마와 진하게 한
판 붙었을 뿐이다. 엄마와 멀어지는 마음의 틈에선 분노의 폭풍이 휘
몰아쳐 오르고, 결국엔 모질게 상처 주는 말을 뱉고야 만다. 깊게 베인
상처에 눈물이 뒤범벅 되고, 아물지 않은 채 멀어져 가는 그런 악순환
의 관계가 되고 있지는 않은지. 이 간극을 메울 방법은 없는 것일까?

긴 세월 결혼을 둘러싸고 나의 모친과 벌여온 전쟁 끝에 현재 스코
어 혼자 살고 있는 내가! 엄마들이 절대로 같이 놀지 말라 하시는 '결
혼 안 한 친구'인 내가! 결혼 안 한 당신과 부모의 멀어진 사이를 채울
수 있는 묘책은 없을까 감히 생각해보려 한다.

결혼해서 효도하고 싶은 딸에게

경제학은, 어떤 배우자가 가장 좋은 배우자인가를 알려주지는 않는
다. 하지만 언제 결혼을 해야 하는가에 대해서는 비교적 그럴 듯한
대답을 주는데, 그건 "자신의 가치가 최고로 높을 때"다. 부모님들이

일정 나이가 되면 빨리 결혼을 해야 한다고 다그치는 건 경제학적으로도 아주 합리적인 판단이다. 다만, 이론이 아니라 경험에 의해 깨닫고 있는 부분이라 자식들을 합리적으로 설득하는 데 실패하고 있을 뿐이다. 더 좋은 학교를 갈 일도, 더 좋은 회사로 옮길 일도, 더 젊어질 일도, 부모의 사회적 지위가 더 올라갈 일도 없다면, 그 때가 결혼을 해야 할 최상의 시점인 건 조금만 생각해보면 알 수 있다. —『결혼의 경제학』중에서

　오늘도 당신을 괴롭힌 부모의 잔소리와 핍박과 멸시가 경제학적으로 매우 합리적 판단이라는 생각을 한번이라도 해본 적이 있는가? 자식들을 합리적으로 설득하는 데 실패하고 있다는 한 줄이 약간 위로가 되긴 하지만 저 글을 처음 읽었을 땐 사뭇 충격적이었다.

　충격을 뒤로하고, 가만히 돌이켜보면 나의 모친은 최고의 전략가였는지도 모른다. 모친은 스물네 살 때부터 나를 맞선시장에 진출시켜 어린 나이를 무기로 삼아야 함을 설파하시고 너는 빼어난 미모는 아니므로 최고의 남자는 포기해야 한다고 오르지 못할 나무의 선을 확실히 그으시며 우리 딸은 그렇게 심성이 고울 수가 없다며, 때에 따라서는 상대방에게 거짓말도 불사하셨다.

　세상적 기준으로 봤을 때 모친의 전략대로 내가 가장 가치가 높았을 때는 그때였는지 모르겠다. 모친의 경제학적 판단은 옳았던 것 같다. 그렇지만 저 글에 있는 대로 왜 손톱만큼도 나를 설득하지 못했던

것일까?

그건 모친의 설득력이 부족해서가 아니라 그 말을 부모님이 했기 때문이다. 부모 자식의 관계에서 이런 합리적 설득이란 애초에 불가능한 것이므로. 부모가 아무리 옳은 말을 해도 자식의 귀에는 그게 옳게 들리지 않는다. 같은 말을 해도 부모가 하는 것보다 친구가 했을 때 더 설득력 있는 거 다들 경험했을 것이다.

부모라면 누구나 자식이 최고의 인생을 살기 원한다. 혹독한 잔소리조차 그것이 자식사랑에서 출발한다는 것을 부정할 사람은 없다. 그런데 여기서 흔히 자식들은 부모의 뜻을 오해한다. 부모가 현대사회에서 변화된 결혼의 가치를 모르는 구세대라서 저런다고 옛날 사람의 잔소리 쯤으로 치부한다. 요새는 다들 결혼을 늦게 하는데, 혼자 사는 사람이 얼마나 많은데 등등의 생각을 하면서 말이다.

내가 얼마 전 아들딸을 키우고 있는 나의 친구들에게 질문을 던져보았다. 만약에 20년, 30년 후에 너의 자식이 결혼을 안하고 있다면 어떨 것 같냐고. 모두에게서 돌아온 대답은 놀랍도록 한결같았다. 능력이 있으면 상관없다는 것이다.

> **더 좋은 학교를 갈 일도, 더 좋은 회사로 옮길 일도,**
> **더 젊어질 일도, 부모의 사회적 지위가 더 올라갈 일도**
> **없다면, 그 때가 결혼을 해야 할 최상의 시점이다.**

여기에서 주목할 것은 '능력이 있으면'이라는 무시무시한 전제조건
이 붙는다는 것이다. 나의 친구들과 마찬가지로 우리의 부모들도 바
로 당신의 '능력 없음'을 걱정하고 있는 것이다. 이는 시대의 가치관
이 변하는 것과는 무관하다. 아무리 세대가 거듭되어도 혼자 살려면
능력이 필요하다. 이것은 영원히 변하지 않을 사실이며 상식이다.

능력이라면 물론 첫째로 경제적 능력이다. 경제적 능력이 있다면
둘째로는 세상사의 외로움을 견딜 수 있는 정신적 능력이 필요하다.
부모가 걱정하지 않을 정도의 경제적 부유함과 강한 정신력을 지닌
사람이 몇이나 될까? 그러니 우리는 모두 부모의 잔소리에 시달리고
있을 수밖에.

자식이 탁월한 경제적 능력을 지닌 경우엔 그 자식이 몇 살이 되
든 부모가 자식의 결혼을 망설이는 케이스가 실제로 많다고 한다. 자
녀의 경제력을 갑자기 들어온 비혈연 관계의 누군가와 나누어야 하기
때문에 심히 망설여지는 것이다.

결혼에 이토록 경제적 논리가 숨어 있다는 것을 나는 최근까지도
깨닫지 못하고 있었다. 올봄 즈음에 나보다 여섯 살 어린 남자사람과
밥을 먹다 이런 대화를 나눈 적 있다.

"결혼은 사랑하는 사람이랑 해야지."

"(풋) 열일곱 살이세요?"

"응? 그게 왜?"

"커피나 마시러 가시죠."

내 딴에는 그의 반응에 충격 내지는 상처를 받았던지 계속 마음에 그때의 대화가 남아 있었다. 서른넷 밖에 안된 놈이 벌써 사랑을 포기한 거냐, 계산적인 결혼을 하겠다는 거냐, 사랑이 어때서 등등 나 혼자서 구시렁거렸더랬다. 하지만 지금 와서 생각해보니, 사람들은 누구나 마음 속으로 결혼을 통해 얻을 수 있는 효용과 버려야 하는 기회비용에 대한 계산을 하고 있는지도 모르겠다. 그때 그도 그런 의미에서 반문했던 게 아닌가 싶다.

부모는 내 자식이 최고의 상품이기를 원한다. 모두가 가지고 싶어하는 최고의 상품! 그렇기 때문에 경제학자가 지적하듯이 자식의 가치가 최고인 시점에서 결혼을 다그칠 수밖에 없다. 이때 부모와 자식 간의 갈등이 깊어지는 이유는 부모는 결혼을 통해 얻을 수 있는 효용에 집중하고, 자식은 결혼을 통해 잃어야 하는 기회비용에 집중하기 때문이라고 생각한다.

사회가 고령화되고 결혼연령이 늦어질수록 결혼에서 경제력이 차지하는 비중은 더욱 커지고, 경제력이 결혼을 지배하는 시대가 온다는 글을 읽은 적이 있다. 나와 당신만 몰랐던 아니 모른 척하고 싶었던 경제의 논리는 이렇게 점점 힘이 세지고 있다. 이쯤되니 결혼을 독촉하는 모친의 잔소리 데시벨이 높아지는 것도 이해가 된다. 부모님과의 싸움에 지쳤다면 한번쯤 생각의 전환을 시도해보길.

혼자 사는 딸자식을 도저히 받아들일 수 없는 어머니께

　어머니, 따님이 가지고 있는 세상적 가치(나이, 외모, 학벌, 직업)을 고려하기 이전에 따님의 내면을 살펴보신 적이 있나요? 내 딸이 정말 결혼에 대한 성숙된 의식을 갖추고 있는지, 올바른 결혼관이 확립되어 있는지, 온전히 독립할 수 있는 심리상태에 도달되어 있는지 말이에요.

　내 딸이 무슨 반푼인 줄 아냐고요? 별 미친 소리 다 듣겠다고요? 남들은 서른만 되도 결혼해서 잘만 사는데, 내 딸은 그런 애들보다 더 예쁘고, 더 좋은 학교를 나왔는데 무슨 소리를 하고 있냐고요?

　성숙한 결혼관을 갖추는 것은 예쁘고 똑똑한 것과는 완전히 별개입니다. 결혼은 혼자하는 게 아니기 때문이에요. 어머니도 결혼생활 해보셔서 아시잖아요.

　성숙한 결혼관을 갖추기 전에 결혼하라는 압박에 시달리면 결혼에 대한 부정적인 의식만 계속 커져서 악순환의 연속이 될 수 있어요. 따님은 '결혼, 안 하면 안돼?'라고 속으로 생각하면서 어머니가 충격 받으실까봐 말을 못하는 수도 있어요. 혹은 남들이 하니까, 기회 되면 하든가 정도의 매우 소극적 상태일 수도 있고요. '결혼해 봐야 행복한 사람 주변에 없던데?'라는 결혼에 대한 부정적인 생각으로 가득 차 있을 수도 있어요.

　어머니, 내 딸이 늙어가는 게 초조해서 오늘도 악순환의 수레바퀴를

너 때문에 '내가' 못살겠다. '내가' 얼굴을 들고 다닐 수 없다. '내가' 제명에 못 죽는다.

열심히 돌리고 있진 않으신가요? 따님의 내면을 한 번만 살펴주세요.

어머니, 오늘도 따님에게 '내가 너를 어떻게 키웠는데'로 시작하는 헌신과 희생의 올가미를 던져 꼼짝 못하게 만들진 않으셨나요. 어머니 인생과 따님 인생의 경계선은 어디인가요? 딸의 인생이 곧 나의 인생이라고 생각하진 않으시나요?

결혼이 따님의 행복을 위함이 아니라 어머니 인생의 과업을 완수하기 위해 시급한 문제가 된 것은 아닌지.

> 밀착된 가족의 어머니는 헌신과 희생이라는 도구를 사용한다. '내가 이렇게 너를 위해 희생하고 있으니 너는 내 말을 들어야 한다. 내 말을 듣지 않고 네 마음대로 하는 것은 나쁜 짓이며 나를 배신하는 것'이라는 생각을 자녀들에게 심는다. —『가족의 재탄생』 중에서

그렇게도 따님을 위해 희생하셨다고 하지만 늘 하시는 말씀의 주어는 '나'이지 않나요. 너 때문에 '내가' 못살겠다. '내가' 얼굴을 들고 다닐 수 없다. '내가' 제명에 못 죽는다. 결국엔 '엄마를 위해 한 번만 결혼해달라'고 실토하시는 어머니도 저는 본 적이 있어요. 혹시 어머니 당신의 이야기는 아닌가요?

대한민국의 어머니들을 한곳에 모아놓고 자식 이야기를 하지 못하게 하면 그 누구도 대화를 이끌어 나가지 못한다고 합니다. 자녀의 상태가 어머니의 존재 가치를 말해주는 것은 아니에요. 따님의 인생을 어머니 인생의 연장선에 놓지 마세요. 어머니 인생과 분리되어 따님만의 선택을 할 수 있도록 도와주세요.

어머니, 당신의 결혼은 행복하셨나요? 딸들의 결혼관은 어머니의 인생을 통해 만들어지는 경우가 많다고 해요. 행복한 결혼에 대해 따님과 한번 진솔한 이야기를 나누어보는 건 어떨까요?

결혼 하나 제대로 못해 졸지에 불효녀가 된 저희들이지만 매일 대들기만 하는 것 같아도 돌아서면 불효하는 자신이 미워 매일 혼자 웁니다. 핍박과 멸시 대신 따뜻한 위로의 한마디 부탁드려요. 사랑해요.

난 남자 없이
살 수 있어

"난 남자 없이 살 수 있어."

늘 이 말을 하는 친구가 있다. 내 친구뿐만 아니라 남자 없이 살 수 있다는 말을 하는 여자는 나이가 들수록 늘어가는 것 같다. 남자 없이 살 수 있다는 이 말은 무슨 뜻일까? 인생에서 이성과의 애정관계는 필요치 않다? 남자는 평생에 도움이 안 되는 존재다? 여러 가지 의미로 해석될 수 있을 것이다. 사람들의 생각이 궁금해져 지인들에게 질문을 던져 보려다가 '남자 없이, 여자 없이'라는 단어가 너무 성적 욕망을 떠올리게 하는 것 같아서 말을 조금 바꾸어 보았다 .

'동성친구, 인생의 동반자가 될 수 있을까?'

이렇게 말을 바꾸자 이번에는 동반자의 의미가 너무 광범위하다는 의견이 분분했다. 새삼스럽게 동반자의 의미가 뭘까 사전부터 찾아보았다.

동반자(同伴者) : 한가지 동, 짝 반 / 반려자(伴侶者) : 짝 반, 짝 려

한마디로 짝이다. 반려라는 단어가 '짝 반, 짝 려'라는 한자로 이루어진 것이 왠지 놀랍다. 초등학교 시절부터 사이 좋게 지내라고 배우는 그 짝꿍, 평생을 함께 가는 짝이라는 뜻이었다.

이렇게 동심마저 샘솟는 훈훈한 의미에도 불구하고 '동성친구가 인생의 동반자가 될 수 있겠냐'는 질문에는 대부분이 부정적인 의견을 내놓았다. 남자의 경우, 동성친구는 삶의 원동력이 되는 욕망, 즉 인정받고 싶은 욕망과 성적 욕망을 채워줄 수 없고, 일시적 위로와 격려만 줄 수 있는 존재이므로 동반자는 절대 불가하다는 의견이었다. 여자의 경우, 나이 들어 자립할 수 없게 되었을 때 동성친구에게 어느 정도까지 의지할 수 있느냐의 문제, 친구 관계는 서로가 자립할 수 있는 상태에서만 가능하다는 의견이 많았다.

동반자가 평생을 함께 걸어가는 짝이라면 나도 위의 생각에 동의한다. 우리에게 동반자란 좋은 시절을 함께 한다는 의미보다 어려운 시기를 함께 이겨내는 짝이라는 의미가 큰데, 가족이 아닌 친구에게 절대적인 의지를 할 수 있을까 하는 생각이 먼저 들었다. 피를 나눈 가족이라도 멀어질 수 있는데 하물며 친구는 그 관계의 밀착 정도가

강하지 않아서 어렵지 않을까.

TV에서 짝꿍처럼 붙어 다녀 둘이 부부 아니냐는 놀림을 받기도 하는 개그우먼 송은이와 김숙, 그 두 사람이 제주도에 공동 명의의 집을 샀다는 이야기를 듣고 깜짝 놀랐다. 둘이서 정말 동반자가 되기로 한 건가 싶었다. 그들이 그렇게 할 수 있는 것도 결국 두 사람 다 굳건히 자립할 수 있는 능력과 명성이 있기 때문이라고 생각한다.

여자 없이 살 수 있다고 말하는 남자는 이제껏 살면서 본 적이 없는 것 같은데 왜 유독 남자 없이 살 수 있다고 말하는 여자들은 많은 걸까? 어쩌면 남자가 성적 기능 외에 할 수 있는 게 뭐냐는 다분히 폄하적 발언이라는 생각도 든다. 다른 면에서 살펴보자면 여자가 남자에게 의지하여 살아가는 의존적 존재가 아닌, 온전히 독립적 존재로 생존할 수 있다는 자신감의 표현이라고도 할 수 있다.

그렇지만 내 생각은 조금 다르다. 이것은 성적 욕망으로부터의 해방도, 독립적 존재로서의 자신감도 아닌, 솔직한 자기 자신에 대한 부정이라고 생각한다. 단지 약해진 자기 자신을 감추기 위한 방어막, 나를 감추는 양파껍질, 절대 뚫리지 않길 바라는 무쇠 갑옷일 뿐이다. 마흔도 훌쩍 넘어 인생의 동반자를 찾지 못한 경우, 남들이 나를 초라하게 볼까봐 두려운 마음에 스스로 만들어낸 가면이라고 생각한다.

여자들이 남자 없이 살 수 없는 욕망의 노예이며, 의존적 존재라는 말이 아니라 인생에 있어서 가장 중요한 '애착관계'를 포기한 발언으로 들린다. 피오나 님이 아이를 돌보는 엄마의 역할을 이야기하면서 연애가 마음처럼 되지 않고 결혼이 영원히 불가능해 보여도 '남자 없이 살 수 있다.'는 자기 부정으로 마음의 문을 닫지 않았으면 좋겠다.

언급했던 바로 그 '애착' 말이다. 인간은 죽음에 이르는 순간까지 어떠한 형태든 발달의 과정에 있다고 생각한다. 특히 애착은 영유아기에 한정하여 필요한 것이 아니라 인간의 전생애에 걸쳐 꼭 필요한 요소다. 어른이 된 인간이 애착관계를 유지할 수 있는 건 역시 연인 사이거나 부부 혹은 부모와 자식의 가족관계 뿐이라고 생각한다.

이렇게 마음을 꽁꽁 닫고 애착으로부터 회피하려 하기 때문에 연애도 결혼도 안 되는 건 아닐까. 애착의 대상이 없어서 그렇지 회피한 건 아니라고 생각하겠지만 가만히 생각해보면 애착을 귀찮아 하고 있을 가능성이 크다.

사람과의 애착을 통해서 정서적 유대는 가능하되 경제적 상태는 오히려 악화될 수도 있다는 불안감이 든다든지 정서적 유대 따위보다 고착화된 혼자만의 생활이 더욱 안정적으로 보인다든지 영화 한 편 보려고 시간 약속을 정해야 하는 번거로움이 참을 수 없는 비효율로 생각되지는 않는지? 사람을 귀찮다고 생각한 경험이 있지 않은지 돌이켜 보자. 자꾸만 이렇게 혼자가 되는 방향으로 자신을 몰아가기 때문에 혼자가 편하다, 남자 없이 살 수 있다는 말을 내뱉게 되는 것은 아닐까?

겉으로 표현된 것과는 다르게 마음 깊은 곳에서는 애착을 갈망하고 있지 않은가. 우리끼리니까 좀 솔직해지자. 연애가 마음처럼 되지 않고 결혼이 영원히 불가능해 보여도 '남자 없이 살 수 있다.'는 자기부정으로 마음의 문을 닫지 않았으면 좋겠다. 마흔이 넘어 인생의 동반자를 찾지 못한 것은 전혀 초라해 보이지 않지만 철저한 자기부정으로 마음의 문을 닫은 것은 정말 너무 안타깝게 보인다.

솔직히 남자가 있든 없든 우리가 살지 못할 리야 있겠냐만은 그냥 살아만 있는 상태 말고 행복한 삶을 위해서 동반자로서의 애착관계를 포기하지 않았으면 좋겠다.

그 잘난
인맥이 뭐라고

마흔 살쯤 되면 어느 정도 인맥이 저절로 생겨 있을 줄 알았다. 20 대나 30대를 생각하면 왠지 스스로의 노력으로 열심히 살아가는 이미지인데 마흔이 되면 그동안 구축해 놓은 인맥의 도움을 받을 수 있는 때가 되지 않을까 생각했다. 그래서 점점 '인맥'이란 말이 스트레스로 다가오는 것도 마흔이 아닐까 싶다.

한국 사회에서 '인맥'이란 말로부터 자유로운 사람이 있을까?

사람을 좋아하고 사람을 잘 사귀고 또 잘 어울려서 인맥을 잘 만드는 사람이라면 별로 걱정을 안 하겠지만 대부분 그렇지 못한 사람들은 인맥이란 말에 은근히 스트레스를 받고 있을 것이다. 나도 그랬다. 사람하고 친해지는 게 어렵다고 생각하는 나에게 인맥이란 말처럼 콤플렉스를 느끼게 했던 말도 없는 것 같다.

인맥에 대해서 본격적으로 생각하게 된 때는 대학을 졸업한 후 일을 하게 되면서부터였던 것 같다. 인맥이 중요한데 난 인맥도 없고 인맥을 구축할 능력도 없다고 생각했다. 인맥이라면 나보다 못한 사람이라기보다는 나보다 잘난 사람을 알고 있어서 내가 어려울 때 혹은 필요할 때 도움을 받는 의미가 강하다. 인맥이란 말은 또 친구와 달리 가벼운 지인 사이부터 고향 친구 혹은 회사 동료 등 폭넓은 의미를 담고 있어서 마치 자신의 인간관계 전체가 평가되는 느낌이라 영 불편하기만 했다. 그렇지만 인맥을 구축하기 위해 노력은 하고 싶었다. 그러면서 인맥을 만들기 위해 어디를 가야 하고, 어떤 노력을 해야 하는지 의문이 들었다.

내 인맥은 어떠했나를 생각해보면, 대학교 때부터 작가 지망 모임에 다니며 소설가 몇 분을 알게 되었다. 분명 정기적으로 만났음에도 불구하고 지금은 연락을 하고 있는 상태가 아니다. 그리고 전남편과 연결 고리가 있는 분도 있어서 절대로 내 쪽에서 연락하고 싶지도 않다. 대학교 때는 학보사에서 주최한 공모전에서 소설로 상을 받고 유명한 교수님이 찾아오라고 했으나 용기가 나지 않아 찾아가지 못했던 기억도 있다. 찾아갔으면 달라졌을까?

회사를 다니며 만난 사장급의 사람들, 나랑 같이 일하다가 사장이 된 사람들도 있고 사장이 된 후에도 만난 적 있으니 인맥이라고 할 수 있을지 모르나 역시 연락하고 있는 상태는 아니다. 내가 계속 연락을 했다면 달라졌을까? 꼭 사장만이 아니다. 회사 다니면서 아는 사람들이 여기저기 흩어져 있으니 그들과 연락을 계속 유지했다면 인맥이 되었을까?

적고 보니 참 초라하다. 결국 난 아무 인맥이 없는 걸까. 물론 나도 인맥을 위해 노력해본 적이 없는 건 아니다. 회사를 다니면서 자기계발이나 인간관계에 관한 책을 참 많이 읽었다. 상사를 이해하기 위해 남녀 관계 책도 읽었던 것 같다. 여자와 남자가 일하는 방식이 다르니 나는 남자처럼 일해야겠다고 생각한 적도 있었다. 무엇보다 '인맥'이 중요한데 그러기 위해서는 일단 잘 보여야 한다고 생각해서 노력한 적도 있었다.

어떤 작가 분에게는 일본에 있는 동안 꽤 자주 연락을 했고 한국에 오면 만나자고 했었다. 그러다 한국에 돌아와 아침 라디오에서 그 분의 방송을 듣고 연락을 했더니 한번 만나자면서 자신이 하는 전시회에 오라고 했다. 알겠다고 전화를 끊고 보니 전시회를 하는 곳이나 일정이 썩 내키지 않았다. 막상 약속한 요일이 되고 보니 너무 가기 싫어졌다. 여러 번 만나자고 얘기하다가 드디어 만날 날이 다가왔는데 내가 오늘 그 전시회에 가지 않으면 그 분과 더 이상 연락하기가 껄끄러워질 것이라는 느낌도 있었다. 그런데도 어찌나 가기 싫은지 더 이상 그 분과 인연이 끊긴다 해도 못 가겠다는 생각이 들어 결국 가지 않았다.

그렇게 시간이 지나 다시 생각해보니 내 잘못만은 아니라는 생각

마흔이 훌쩍 넘고 생각해보니 '인맥'이란 노력으로 만들어지는 게 아니라 자신의 상황에서 자연스럽게 만들어져야 한다는 것을 알게 되었다.

이 들었다. 그 분은 일방적으로 전시회에 오라고 할 것이 아니라 내가 어디에 사는지 언제 스케줄이 되는지 먼저 물어봐주고 정말 나를 따로 만날 마음이 있으면 전시회에 한번 오라는 식이 아니라 날을 따로 잡아 얘기해주는 것이 진짜 약속이란 생각이 들었다. 그 분은 나에 대한 배려심이 부족했고 뭔지는 모르지만 내가 그런 마음이 느껴져서 끝까지 가기 싫었던 것 같다. 그런 생각이 들고 나니 그날 억지로 가지 않기를 잘했다는 생각이 들었다. 그 전시회에 갔다고 해서 그 분과 '인맥'으로 이어졌을 것 같지는 않다.

이렇게 마흔이 훌쩍 넘고 생각해보니 인맥이란 노력으로 만들어지는 게 아니라 자신의 상황에서 자연스럽게 만들어져야 한다는 것을 알게 되었다. 내가 인맥으로 두고 싶은 사람도 서로 인맥으로 생각할 정도가 되어야지 나 혼자 일방적으로 인맥을 만들 수는 없다. 그리고 내가 인맥으로 만들면 도움이 될 것 같다고 생각하는 사람도 정말 좋은 사람인지 정말 내게 필요한 사람인지 알 수 없다.

간혹 주위에서 보면 '마당발'이거나 '사교성'이 좋아서 많은 사람들과 잘 어울리며 인맥이 넓은 사람들을 보기도 한다. 사회에서 인맥이 좋고 사교성이 좋은 사람들을 더 좋게 평가하는 것도 사실이다.

이것은 부정할 수 없는 현실이다. 그러나 결국 인맥이 좋고 사교성이 좋은 사람들은 소수이다. 대다수의 사람들은 인간관계에 어려움을 겪고 있고 인맥도 별로 없고 사교성은 더더욱 부족하다. 그런 사람들을 열등하다고 할 수 없다. 그저 자신에게 맞는 인간관계를 구축하며 살면 된다.

오히려 인간관계의 관점에서 본다면 남편(있는 경우), 자식(있는 경우), 그 외 가족, 친구… 이런 사람들이 '인맥'보다 더 중요하다고 느껴지는 요즘이다.

근래에 한동안 연락이 끊겼던 대학 친구들을 다시 만나게 되었다. 친구 아버님의 부고에 한걸음에 달려갔던 날이다. 평소 연락하며 자주 얼굴을 보던 사이도 아니고 어떻게 보면 지금은 서로에 대해서 잘 모를 수 있지만 아버님이 돌아가셨다는 부고에 아무 갈등 없이 찾아가는 사이, 그런 '오래된 친구'들이 관리된 '인맥'보다 더 중요하다고 느껴졌다. 필요에 의해서가 아니라 마음으로 움직이는 관계일 테니까 말이다. 인맥을 고민하기 전에 나에게 가장 가까운 사람들과 좋은 관계를 맺고 그들과 공존하는 방법을 찾는 것이 더 중요하지 않을까?

어느 순간 난 인맥을 생각하지 않게 되었고 더 이상 고민하지 않는다. 대신에 나와 가까운 사람들을 챙기고 배려하고 함께하는 데 시간을 쓰기로 했다. 인맥을 고민하던 때와 지금 인맥은 하나도 달라진 게 없다.

인터넷 회사에서 10년 넘게 일했음에도 불구하고 일을 그만둔 나에게 남은 인맥도 없고(인맥은 없지만 소수의 사람들과 일과 별개로 친해져 연락하고 지낸다.), 책을 쓴 지 5년이 넘도록 친한 작가 하나 없지만 인맥을 고민하던 때에는 없던 남편과 자식이 생겼다.

그리고 남들이 사이버 인맥이라고 하는 SNS에 상처받고 고민할 때 나의 일상을 공개해도 걱정되지 않고 가끔 진심을 드러내도 후환이 두렵지 않은 인터넷 카페('인어공주는 왜 결혼하지 못했을까'라는 커뮤니티를 운영 중이다.)도 있다.

어쩌면 인맥은 억지 노력으로 만들어지는 것이 아니라 하루하루 살아가는 나의 '라이프 스타일'의 부산물에 지나지 않을지도 모른다. 인맥에 연연하며 진짜 챙겨야 할 소중한 사람들에게 소홀히 하는 실수를 하지 않아야겠다.

싱글이

크리스마스를 보내는 방법

2011년, 서른일곱 살

오래된 연인과 할 일 없는 크리스마스

전쟁터 같은 홍대 앞 파리바게뜨

짐짝처럼 함부로 다뤄지는 크리스마스 케익

중요한 건 오직 인증샷

끔찍하게 맛이 없던 케익

노트북으로 시선을 돌린 연인의 등

먹지도 않고 버려지는 케익

인증샷에서만 외롭지 않던 크리스마스

2012년, 서른여덟 살

아무도 뭐 할 거냐고 묻지 않는 크리스마스

절대 물어서는 안 된다는 무거운 공기

그런 공기가 꾸역꾸역 목구멍으로 넘어가는 긴장감

주변의 엄청난 배려와 조심성

찰랑찰랑 차오르는 서러움과 외로움

너덜너덜한 자기 위로

이 갑갑한 크리스마스의 피로감

마흔 줄에 들어가면서 좋았던 건 이 갑갑한 크리스마스의 피로감에서 벗어날 수 있었던 것이다. 연인과 꼭 단둘이 로맨틱한 시간을 보내야 한다는 강박과 기대가 사라졌고, 나이 들어서 애인도 없고 결혼도 안 한 여자가 어떤 크리스마스를 보내는지 절대 묻지 못하게 만들던 나의 어둠의 포스도 사라졌다. 어떻게 사라졌냐고? 작년부터 그냥 사라졌다. 해탈인가 보다.

크리스마스에 연인의 존재가 그렇게 중요했을까. 지금 와서 돌이켜보면 어떤 남자친구와 어떤 크리스마스를 보냈는지 기억조차 나지 않는데 말이다. 자질구레하게 받은 선물들도 누가 준 건지 어디 갔는지도 알 수 없다. 값진 거라도 받았으면 말을 안 한다.

게다가 동일 인물과 두 번, 세 번의 크리스마스를 보내다 보면 단둘이 있어봐야 할 일도 없다. 그런데도 마흔이 다 되도록 '단둘이 로맨틱하게'라는 강박에 사로잡혀 있었던 건 정말 어리석었다.

결국 남들에게 어떻게 보여질까만 신경 쓰고 있었던 게 아닐까. 그러니 노트북만 보고 있는 연인의 등을 망연히 바라보면서도 연인과 함께 크리스마스를 보내고 있다며 자족하고, "크리스마스에 뭐 하는지 왜 나한테만 안 묻냐?"고 속시원히 질러줬으면 모두의 긴장을 녹일 수 있었는데, 그 한마디를 먼저 꺼내지 못하고 주변을 불편하게 만들었던 거다.

한 소셜데이팅 업체가 '크리스마스를 앞둔 기분 변화'를 조사한 결과에 따르면 응답자의 절반 이상인 55.4%가 크리스마스를 앞두고 부정적인 기분 변화를 겪는 것으로 나타났다. 크리스마스를 맞아 사람들은 '유난히 외롭고 의기소침하다'(27.4%), '허무와 우울한 생각에 자주 휩싸인다'(25.3%), '괜한 짜증이 치밀고 화가 난다'(2.7%) 등 크리스마스 증후군 증상을 보이는 것으로 나타났다. 〈출처: 아시아투데이〉

생각해보면 위의 기사처럼 크리스마스에는 외로운 사람이 절반 이상인 게 틀림없다. 언제부터 우리는 크리스마스에 애인이 없으면 루저가 된 것 같은 패배감에 시달렸던 걸까.

세상에는 애인이 있는 사람이 많을까, 없는 사람이 많을까. 애인과 함께 있으되 행복하지 않은 사람까지 포함한다면 없는 쪽이 절반 이상이라는 게 현실일 것 같지 않나?

　'단둘이 로맨틱하게'가 얼마나 같잖은지 깨달은 나는 작년부터 크리스마스에 대한 생각이 바뀌었다. 생각이 바뀌고 제일 먼저 떠오른 사람은 엄마 아빠였다. 평생에 단 한 번도 부모님이 크리스마스에 뭘 하시는지 생각해본 적이 없다는 걸 깨달았다. 평생에 단 한 번도 말이다. 부모님께는 앞으로 몇 번의 크리스마스가 더 허락될지 알 수 없다. 나는 기회를 잃기 전에 부모님과 크리스마스를 함께 보내기로 마음 먹었다.

　2013년, 서른아홉 살
　부모님과 함께 하는 크리스마스
　손발이 오그라드는 걸 꾹 참아보아요.
　케익도 미리미리 주문하고, 루돌프 사슴코와 머리띠도 준비했어요.
　루돌프 사슴코를 붙인 아버지는 평생에 처음 봐요.
　미국에 사는 조카에게도
　루돌프가 된 할머니 할아버지 사진을 보내요.
　손을 모아 머리 위로 하트모양도 시켰어요.
　시키는 걸 다 하시네요.
　아, 너무 재미있어요.
　엄마는 그 와중에 사진에 뱃살 나온다고 난리세요.
　행복감이 차올라요.

평생 잊지 못할 크리스마스에요.

이 날의 파티가 끝나고 아버지의 파티 소감이 "네가 이제 놀아줄 사람이 없구나."였다는 게 반전이라면 반전일까. 그래도 상관없다. 정말 의미 있는 크리스마스를 보냈으니까.

그리고 아버지, 저 아직 놀아주는 사람 있어요. 올해 크리스마스에는 제가 뭘 했는지 들어보세요.

2014년, 마흔 살
난생 처음 홈파티를 계획한 크리스마스
혼자만의 공간이던 마이홈에 친구들을 초대한 건 처음이에요.
사적인 공간에 왜 사람을 들이냐며 까칠하게 굴던 나와는 안녕.
몇 주 전부터 크리스마스 트리로 장식을 해요.
분위기를 더해 줄 양초도 샀어요.
음악은 어떤 음악이 좋을까요.
며칠 전부터 청소도 열심히 해요.
춥지는 않은지 난방에도 신경이 쓰여요.
사람 수대로 젓가락이 있는지 세어 보아요.
우리집에 누군가 온다는 게 너무 설레요.
저는 와인과 치즈 담당이에요.
요리는 손님이 한다는 게 반전이에요.

우리집에서 자고 간다고 침낭을 싸온다는 녀석이 있어요.

아, 너무 재미있어요.

행복감이 차올라요.

평생 잊지 못할 크리스마스에요.

등 돌린 연인의 뒷모습을 바라보며 크리스마스를 보내지는 않았는지? '단둘이 로맨틱하게'는 크리스마스의 진짜 의미가 아니다. '더불어 행복하게' 잊지 못할 크리스마스를 만들어보자. 애인이 있고 없는 걸로 크리스마스에 징징거리지 말기로. 우리 이제 나이 먹었잖은가. 생각을 바꾸면 외롭지 않다.

그래도 홈파티의 마무리 멘트는 내년엔 애인 데려오기다. 친구와 애인과 가족이 모두 함께하는 그런 크리스마스를 꿈꿔본다. 행복하고 따뜻하게… 메리 크리스마스♡

마흔에 자식은
무리일까?

마흔 살에는 결혼 얘기를 하는 것도 어렵지만 아이에 대한 얘기를 꺼내는 것도 마찬가지로 쉽지 않다. 물론 이미 큰 아이가 있어서 자식 얘기를 하는 것이라면 자연스럽지만 지금부터 자식을 가질까 말까 고민한다고 하면 의견이 분분하리라 예상된다.

자식은 있어야 한다며 무조건 가지라는 사람도 있겠지만 또 그와는 반대로 자식이 없이 그만큼 살았는데 왜 사서 고생을 하냐며 부부가 즐겁게 살라고 하는 사람도 있을 것이다. 그럴 때 흔히 하는 말이 있다. '무자식 상팔자'라고. 그리고 그 다음 순서로는 자식으로 인해 불행하거나 고통 받는 많은 사람들의 사례가 술술 나온다.

한국이 저출산 국가가 되었다며 출산을 장려하는 사회적 분위기는 그렇다 치고 개인적으로는 어떤가? 요즘 흔히 듣는 말 중에 '3포세대'라는 말이 있다. 세상 살기 힘들어서 연애, 결혼, 출산을 포기한다는 말이다. 그런데 진짜 세상 살기가 힘들다는 이유만으로 포기하는 것일까?

그보다는 우리 또래의 여자들이 자라온 배경을 보면 어렸을 때부터 결혼이나 출산과는 거리가 멀었기 때문이 아닐까? 나 역시 부모님의 전폭적인 지원을 받으며 직업을 갖는 것을 최우선으로 했고 결혼이나 출산에 대해서는 따로 공을 들여야 하는 것이 아니라는 생각을 했다. 물론 열심히 공부하고 일을 하다 보면 자연스럽게 결혼도 하고 출산을 할 거라는 생각이 있었지만 어떻게 보면 인생 설계에서 한 켠에 미뤄둔 채 절대 스스로 봉인을 풀지 않을 일처럼 여겼다.

심지어 '여자가 능력 있으면 혼자 살아도 된다.'는 말을 귀에 못이 박히게 들어온 우리는 결혼을 하는 것은 능력 없는 여자가 되는 것이라고 단정지었던 게 아닐까.

나는 연애를 하고 결혼을 꿈꾸었지만 아이에 대해선 부정적이었다. 아이는 돈이 많이 들어간다는 주변의 얘기에 더더욱 힘든 일로만 치부하고 당장 눈앞에 있는 학업이나 일에 집중하자고 생각했다. 사람에 따라서 결혼=출산을 생각하기도 하겠지만 나는 결혼과 아이는 별개라고 생각했다. 인생은 내가 선택할 수 있으며 나는 결혼은 선택하겠지만 아이는 선택하지 않겠다고 생각하며 '선택'의 자유를 만끽하고 싶었다.

첫 번째 결혼을 하고 아이가 없었을 때 주변 사람들이 아이가 없냐고 물을 때도 스트레스를 받지 않았다. 왜냐면 나는 절대 아이를 갖지 않을 것이라고 생각했기 때문이다. 심지어 그 당시 선풍적인 인기를 끌었던 영화 〈매트릭스〉의 대사를 인용해 "인간은 바이러스다. 나는 바이러스를 퍼뜨리지 않겠다."고 당당하게 대답했다.

물론 경제적으로 어려웠지만 경제적인 이유보다 나의 가치관이 그런 결정에 더 큰 힘을 발휘했다. 아마 삼포세대라는 이유와 별개로 그저 결혼은 여자에게 족쇄이자 발전을 저해하는 제도, 아이는 더더욱 여자만 힘들게 하니까 나와는 무관한 것으로 생각하는 사람도 있을 것이다. 내가 그랬던 것처럼 말이다.

나는 원래 '무자식 상팔자'를 신봉하던 사람이었다. 그 생각에 대해 조금 여유를 갖게 된 건 재혼을 하면서부터였다. 이미 재혼을 할 때는 다른 사람의 말에 귀를 기울이고 존중하는 마음이 약간은 생겼던 터라 남편이 본인은 아이를 꼭 갖고 싶고 나이가 들어 힘들면 입양이라도 고려하겠다는 말을 했을 때 부정도 긍정도 하지 않았다.

전 같으면 이런 문제를 가지고 끝장토론을 하며 뜻이 맞아야 부부라며 날을 세우고는 했겠지만 그건 남편의 뜻으로 존중하고 또 나는 아직 별 생각 없는 것으로 그렇게 서로의 다름을 인정했다. 그렇게 재혼을 하고 공부를 하려고 회사를 그만두고 대학원을 졸업할 때까지 3년이 흘렀다. 그동안 책도 많이 쓰고 잘 놀고 좋은 사람들도 많이 만났다. 대학원을 졸업하던 2013년에 나는 내 인생에 또 의문을 던졌다.

'앞으로 무엇을 할 것인가?'

처음에는 다시 대학원을 가겠다고 방통대 대학원에 시험을 보고 원서를 내고 합격했다가 과연 내가 뭘 더 하려고 이러나 싶어서 과감히 등록을 하지 않았다. 그러고는 다시 인터넷 회사에 취직할까 싶어 이력서를 쓰다가 또 뭔 짓인가 싶어 그만두었다. 어쩌면 공부하기, 회사 다니기는 내가 그동안 익숙하게 했던 일을 관성처럼 다시 찾은 것에 불과한 것 같다. 그래서 그 두 가지를 다 포기하고 나니 '아이'라는 주제가 나에게 다가왔다.

앞으로 인생을 살아가면서 할 일이 무엇인가?

아이를 갖고 싶다거나 아이가 예뻐 미치겠다거나 그런 감정적인 느낌이 아니라 '이젠 아이를 키워야 하지 않을까?'라는 그런 판단이었다. 사람마다 아이를 갖게 되는 계기는 다 다르겠지만 나는 그랬다. '앞으로 인생을 살아가면서 할 일이 무엇인가?'라는 고민에서 시작된 것 같다.

그 때 남편이 결혼할 때 했던 말이 떠올랐다. 인공수정이나 인공적인 방법으로 임신하는 것은 여자의 몸에 안 좋은 것 같으니 자연임신이 안 되면 입양을 하자고 했던 말. 나는 그 전까지만 해도 입양에 대해서는 '신애라'를 떠올릴 정도였지 아무것도 아는 게 없었다. 그 날로 입양에 대해 공부를 하기 시작했다. 책을 읽고 인터넷 카페를 찾아서 입양한 부모들의 이야기를 읽고 또 읽었다. 그렇게 공부를 하게 되니 입양에 대한 무지함과 편견이 깨졌다. 아이를 잘 키우고 있는 다른 양부모들의 사례를 보며 자신감이 생겼다.

그리고 이제 와 드는 생각이지만 인간의 생명은 그 자체로 중요한 것이며 이 세상에 태어난 생명은 소중하게 보살펴야 한다는 조금 더 넓은 의미로 육아를 이해하게 되었던 것 같다. 진짜 부모든 양부모든 말이다.

내 자식이 중요하다는 좁은 시야에서 인간의 생명이 중요하다는 의미로 확대하니 입양의 진정한 의미가 느껴졌다. 그렇게 입양을 결심을 하고 지금의 딸과 만났다. 신기하게도 딸은 남편과 나를 많이 닮았다. 대부분의 입양 부모들이 자신과 꼭 닮은 아이를 만나게 되는 것을 보면 '인연'이란 말의 힘이 느껴지기도 한다.

30일에 아이를 처음 만나 50일부터 키우기 시작했다. 그리고 이제 두 돌이 지났다. 그 동안 많은 변화가 있었고 또 많은 일들이 있었다. 그렇지만 그 모든 것을 한 단어로 표현하자면 '사랑'이다.

우리는 쉽게 '사랑'이란 말을 듣고 쓰지만 늘 그 깊이는 다르게 다가온다. 아이를 통해 나는 지금까지 느껴본 적 없는 묵직하고도 어려운 '사랑'이란 단어를 느끼고 있다. 이 감정을 '사랑'이란 말 외에 달리 표현할 길이 없다.

아이를 키우기 위해서 부모는 헌신적이 되어야 하는 게 사실이다. 그리고 그 헌신에는 많은 고통과 어려움이 있는 것도 맞다. 그러나 존재만으로 감사하고 사랑스러운 감정은 자식이 아니라면 줄 수 없다고 느껴진다.

'무자식 상팔자'라는 말은 여전히 공감한다. 그러나 모순적이게도 이 말은 자식이 없는 사람이 아니라 자식이 있는 사람에게 더 어울린다. 자식이 있는 사람이 순간순간의 어려움을 표현할 때 쓰이고 자식이 없는 사람에게 이 말은 그저 얕은 자기 위로 정도로 쓰이는 게 아닐까 싶다.

한동안 나는 '결혼'을 열심히 전파했다. 좋은 남자를 만나 결혼하면 행복하니 결혼하라고. 이제는 아이를 전파하고 싶다. '사랑'이란 말의 참뜻을 느끼고 싶다면 아이를 키우라고.

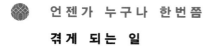

언젠가 누구나 한번쯤
겪게 되는 일

　인생을 살아가는 데 누구나 비슷하게 거쳐가는 단계가 있다면 탄생, 입학, 졸업, 취업, 결혼, 출산 및 육아… 등이 있을 것이다. 아마 여기까지가 내가 30대에 생각한 삶의 모습 같다. 물론 나의 늦어진 육아는 40대가 되어서야 시작이 되었지만 막연히 육아가 인생의 마지막 단계가 아닐까 이런 생각을 함부로 했던 듯하다. 그도 그럴 것이 인생이 '산 넘어 산'이라고 하는데 정말 육아는 내 인생 최고로 힘든 경험이었기 때문이다.

　그런데 내 인생의 마지막 어려움이 육아라고 자만을 시작하자마자 또 새로운 일이 생겼다. 급격히 아버지의 몸 상태가 안 좋아지면서

'간병'이란 상황에 맞닥뜨리게 된 것이다. 이렇게 글을 쓰면 또 효녀 코스프레 같지만 아직 난 아무것도 하지 못하고 있다. 그저 대학 병원에 한 번 같이 진료를 다녀왔던 경험이 있고 요양원에 입원하셨다는 아버지를 찾아뵐 예정이다. 간병이 힘들다는 얘기를 하려는 것도 아니고 다만 내 인생에 있어서 육아까지는 어느 정도 예측하고 상정하고 있었지만 '간병'이란 전혀 예상치 못한 일이었다는 고백이다.

그저 내 아이를 잘 키우며 나머지 인생을 보내면 되겠다는 다소 안일한 생각을 했었는데 아이가 이제 두돌도 되지 않아 아버지의 상태가 급격히 안 좋아지셨다.

아이가 생기면서 나는 수직적인 인간관계가 이해되기 시작했다. 아이가 생기기 전까지는 수평적인 관계가 더 많았다. 친구와의 관계도 그렇고 연인 혹은 남편에 대한 관계도 수평적인 관계이다. 여기서 수직과 수평은 권력의 상태가 아니라 '나이'의 개념이다. 친구든 남편이든 나이 차이가 많지 않은 관계였는데 자식은 다르다. 나이 차이가 많은 한참 아래의 사람과 관계를 맺어야 한다. 그로 인해 부모님과의 관계도 수직적 관계로 다시 이해하게 되었다.

난 이제 세상에 태어난 지 1년이 넘은 아이와 70이 넘은 아버지를 중간쯤에서 동시에 바라보게 되었다. 아이와 노인이 비슷하다더니 정말 그렇다. 일단 몸놀림이 자유롭지 못하다. 그래서 다른 사람의 도움이 절대적으로 24시간 필요하다. 그래서 아버지도 결국 요양원에 가

시게 된 것이다.

말귀를 알아듣지 못하는 것도 닮았다. 말귀를 다 알아듣지 못하는 아이는 눈치로 혹은 알아듣는 몇 개의 단어로 유추하는 것 같다. 귀가 어두워진 아버지도 말수가 줄었고, 우리도 아버지가 알아듣게 말하려고 노력한다.

누군가의 인생의 시작을 함께 하고 누군가의 인생의 끝자락을 함께 하는 일…. 그 일만큼 중요한 일이 있을까.

또한 아이도 아버지도 나만큼의 인지능력을 갖고 있지 못해서 이해하도록 설명하거나 아님 포기해야 한다. 그럼에도 불구하고 자신이 좋아하는 것은 하려고 애쓰고 표현하려고 노력한다.

이렇게 비슷함에도 불구하고 아이와 노인은 인생의 시작점과 끝점에 서 있다는 점에서 큰 차이를 지닌다. 전에 누군가 그랬다. 육아와 간병이 비슷하게 힘들지만 그래도 육아는 희망이 있지 않냐고….

만약에 내가 최소한 30대에 육아를 했다면 육아가 지나고 40대엔 간병을 하고 있을지도 모른다는 생각이 들었다. 물론 부모님 간병을 이렇게 나이로 정할 수 없는 것이란 걸 잘 안다. 어떤 사람은 어린 나이에 부모님을 병으로 잃었을 수도 있으니까 조금 더 일찍 간병을 경험했을 수도 있다. 사람마다 시기는 다르지만 언젠가는 간병을 경험하게 된다는 사실에는 변함이 없다. 그런 당연한 사실을 이제야 깨달는 내가 어리석다는 생각이 들 뿐이다.

그나마 다행이다 싶은 것은 내 일이 바쁘지 않아 아이를 돌볼 수 있고 아버지를 찾아뵐 수 있다는 것이다. 누군가의 인생의 시작을 함께 하고 누군가의 인생의 끝자락을 함께 하는 일…. 그 일만큼 중요한 일이 있을까 싶다.

시인 바이런이 이런 말을 했다.

'인간의 생애는 여성의 가슴에서 시작된다. 그대가 처음 내뱉은 서툰 말은 여성의 입을 통해 배운 것이고, 그대가 맨 처음 흘린 눈물은 여성이 손으로 닦아주었고, 그대의 마지막 숨을 거두어주는 것도 여성이다. 남성은 자기를 격려해 준 사람의 임종을 지켜보는 일을 달갑게 여기지 않기 때문이다.'

이미 간병을 겪은 사람도 있겠고, 현재 겪고 있는 사람도 있고, 앞으로 겪을 사람도 있을 것이다. 모두가 비슷한 인생의 단계를 거쳐가는 동지로서 서로의 등이라도 두드려주고 싶은 날이다.

'나'라는 사람과 잘 지낼 수 있을까?

MINARI

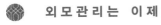

외모관리는 이제
손 놓아도 되지 않을까?

친구 K가 외모관리를 포기했다. 내 생일을 기념하여 저녁식사를 함께하는 자리였다. K가 원피스 밑에 노스페이스 등산바지를 껴입고 나왔다.

"야~ 이 노스페이스 뭐야~ 이 등산바지 뭐야!"
"너무 따뜻해."
"너 지금 이렇게 하고 경리단길까지 나온거야?"
"운전하고 왔잖아. 아무도 안 봐."

K에게 차를 뺏어야 한다. K는 앞머리를 넘어 뒷머리까지 집에서 스

스로 잘랐다고 했다. 그날 내내 우리는 바른말 잘하는 P를 중심으로 K가 다시 외모관리를 하도록 설득했지만 실패했다. K의 마지막 한마디는 우리를 모두 기절시켰다.

"가슴 달려 있는 것도 귀찮아."

헉! 그야말로 충격이다. 그럼 그 가슴 날 주든가. 나 같은 애가 평생 가져보지 못할 글래머 가슴을 모욕하다니 이해할 수 없다. K는 앞으로 평생 직장을 다니지 않아도 될 만큼 경제적인 여유가 있다. 생계형으로 직장을 다니는 우리로서는 부럽지 않을 수 없는데, 그렇게 돈과 시간에 여유가 있는 K가 외모 가꾸기를 포기했다는 게 우리는 이해도 안 될 뿐 아니라 친구로서 너무 속상했다.

K는 키가 크고, 팔다리가 길면서 글래머형이라 잘 가꾸면 아주 훌륭한 몸매인데 최근 부쩍 살이 쪘다. 날씬했을 때는 사진에 따라서 김윤진도 보이고, 염정아도 보이고, 한마디로 또렷하게 예쁜 마스크였는데 지금은 아무도 안 보인다. 사랑하는 내 친구인데 속상하다.

"난 30대 중반까지 결혼을 위해 최선을 다했어. 그럼에도 불구하고 인연이 닿지 않았고, 이제 그런 노력을 절대 하고 싶지 않아. 예쁘게 꾸미는 게 무슨 의미가 있어?"

"꼭 남자한테 예쁘게 보이라는 게 아니라, 자기만족이라는 게 있잖아."

"난 지금 내 모습에 만족해."

"우린 만족 못한다구!"

"이 추위에 그렇게 얇은 스타킹을 신고 다니는 네가 더 신기해, 안 추워?"

"추워도 참는 거지!"

"왜 참아?"

"예쁘니까."

"넌 연애할 수 있겠다야, 이 나이에 대단해."

오늘이 우리의 남은 인생에서 가장 젊은 날이다. 우리는 하루하루 늙어가고 신체 기능은 떨어진다. 그런 우리가 외모를 가꾸어야 하는 이유는 정말 뭘까? 친구의 외모 포기를 인정해야 할까, 계속 설득해야 할까.

조안 콜린스와 재키 콜린스라는 자매가 있다. 언니인 조안은 1933년생으로 현재 나이 82세, 동생인 재키는 1937년생으로 현재 나이 78세. 언니 조안은 1950~60년대 잘 나가는 육체파 배우였으며 무려 다섯 번 결혼을 했는데 다섯 번째 결혼상대자는 32세 연하인 사업가 퍼시 깁슨이었다. 2002년 결혼 당시 조안은 68세, 퍼시 깁슨은 36세였다고 한다. 둘은 지금까지도 이혼하지 않고 행복한 커플인 모양이다. 동생 재키는 한 번의 사별과 한 번의 이혼으로 현재는 싱글인 작가다.

지금 이들의 이야기를 꺼내는 이유는 그녀들의 어마어마한 외모관리 때문이다. 인터넷에서 그녀들의 사진 한번 찾아보시라.

여전히 여성미를 뽐내는 조안 할머니가 투피스를 정말 예쁘게 차려 입고 있는 사진을 볼 수 있을 것이다. 역설적이게도 이 자매를 알게 해준 건 K였다.

"나이 들어서도 성적 매력을 마음껏 즐긴다는 게 자매의 인터뷰 포인트야. 삶을 즐기고 외모관리 열심히 하며 살다 보니 일흔이 넘었어도 연애를 꾸준히 한다는 이야기지."

"저 나이에도 젊음과 연애가 삶의 중심이라는 게 묘해. 저 나이쯤 되면 젊음이나 연애, 인기 같은 게 아닌 다른 깊이 있는 삶의 가치랄까? 그런 게 있어야 하지 않을까?"

"나이가 들어도 성적 호르몬이 주는 매력이 자존감과 활력에 큰 도움이 되지 않을까? 노인이 되었다고 모두 득도하는 건 아니니까. 사실 득도한 삶은 단조롭고 재미없잖아."

"부럽기도 하고 복잡미묘하다. 육신을 벗어난 그 이상의 가치란 없는 걸까?" 나의 의문에 K가 단언했다.

"육신을 벗어난 가치가 활력을 줄 순 없다고 봐. 종교나 학계를 봐. 웃음도 없고 재미도 없지."

"삶의 활력이라는 게 키워드네. 그 활력의 원천이 무엇이냐가 문제의 핵심이고."

"삶의 활력은 성적 매력에서 온다고 생각해. 사회적 지위나 돈을 얻었다 해도 성적 매력이 없는 사람들에게는 저런 긍정적인 활력이 나오지 않아. 단순히 권위적인 눈빛과 미소가 나오지."

"활력과 성적 매력이라…."

K는 이 자매를 매우 긍정적으로 평가하면서도 자신은 됐으니 나보고 저렇게 한번 살아보라고 했다. 너의 돈을 나에게 다오, 친구야.

성적 매력이란 말은 그다지 와 닿지 않았지만 활력이라는 단어가 참 매력적으로 들리긴 했다. 열정이라는 단어보다 훨씬 일상에 닿아 있으면서 반드시 필요하다고 느껴지는 말이지 않은가.

삶의 활력은 어디에서 오는 것일까? 삶의 활력을 어디에서 찾는 게 정답일까? 외모 가꾸기와 성적 매력 유지하기로 삶의 활력을 얻는다? 관련이 없지는 않지만 외모에 집착하다 보면 활력을 얻기도 전에 육신의 한계를 벗어나지 못하는 인간으로서의 좌절이 더 크게 느껴지지는 않을까. 외모관리를 하자고 말한 건 K가 아니라 나인데 내가 왜 이런 고민을 하는지 헷갈리기 시작한다.

사실 K가 이 자매들을 소개했을 때, 외모를 극한으로 관리하면 이렇게도 될 수 있구나 하는 호기심은 들었지만 그녀들처럼 외모관리가 성적 매력으로 연결된다고 생각해 본 적도 없고 칠팔십 살에도 연애를 하고 싶다고 생각해 본 적도 없었다.

콜린스 자매처럼 이성에게 어필하기 위해서, 노인이 되어서도 왕성하게 연애하려고 외모를 관리하는 경우는 헐리우드에서나 있을 법한 이야기인 것 같고, 일반적인 경우에 사람이 외모를 관리하는 것은 성적 매력 유지라기보다는 자기 자신에 대한 애정의 문제로 접근하는 게 맞을 것 같다.

나는 K를 설득하기 위해 남자에게 보여주기 위해서가 아니라 자기만족을 위해서 관리하라고 말했었는데 여기서 '자기만족'이라는 단어가 좀 약했던 것 같다. 자기만족이 아니라 '자기존중'이라고 했으면 조금 더 설득력 있지 않았을까 싶다. 사람의 가치는 스스로를 소중한 존재라고 생각하는 자기존중에서 시작된다고 생각하는데 그런 자기존중이 자신에 대한 애정으로 이어지고 결국 그것이 표면적으로 외모관리로 표현되는 것이 아닐까 한다.

K가 외모관리를 포기한 것이 스스로에 대한 애정도가 낮아졌다는 사인일까봐 걱정이다. 내가 K에게 바라는 외모관리는 혹독한 다이어트로 살을 빼고 비싼 미용실을 다니는 것이 아니다. K는 외모관리에 대해서 계속 쓸데없다, 귀찮다는 말을 반복했다. 그런 그녀의 내면 상태가 걱정이다. 여체의 상징인 가슴이 귀찮다니 다시 생각해도 충격이다. 친구의 말대로 외모관리가 남자를 만나기 위해서만 필요한 것이라면 남편이 있는 아줌마들은 도대체 왜 관리를 하는 거냐고. 이미 남편이 있는데.

K에 대한 설득 작업을 다시 시작해야겠다. 너는 스스로 생각하는 것보다 훨씬 사랑스러운 아이라고. 반짝반짝 빛나는 너를 보고 싶다고. 사랑한다, 친구야. 다시 시작하자!

애 엄마도
여자로 보이고 싶다

"피오나 님, 언제까지 머리를 길러야 해요?"

내가 주구장창 '머리를 기르고 치마를 입어라.'고 떠들고 다니니까 나와 나이가 비슷한 어떤 분이 물었다.

이 질문이 어떤 의미인지 이해가 된다. 여자에게 긴 머리는 아마도 한시적이라는 생각이 강한 것 같다. 긴 머리는 젊은 나이에만 어울리고 나이가 들면 더 이상 긴 머리는 어울리지 않아 잘라야 한다고 생각하는 사람이 많은 것 같다.

"언제까지 결혼을 위해 노력해야 해요?"라는 질문에는 "마흔 살까지 아닐까?"라고 망설임 없이 얘기했지만 이 질문에는 바로 대답하기 어려웠다. 그도 그럴 것이 내 나이 마흔일곱, 아직도 긴 머리를 유지하고 있기 때문이다.

내가 긴 머리를 유지하고 있는 이유는 '머리를 기르고 치마를 입어라.'고 쓴 저자가 커트 머리에 바지를 입고 돌아다니는 모순을 경계하는 이유도 크지만 굳이 긴 머리를 자를 이유를 찾지 못해서다.

주변 여자들을 보면 결혼식 때까지는 긴 머리를 하다가 결혼식 직후 작정이나 한 듯 단발로 자르거나 아니면 결혼 후에도 긴 머리를 유지하다가 아이가 생기고 머리를 싹둑 자르는 경우가 많다.

물론 짧은 머리가 편하다는 이유도 이해가 간다. 아이가 생기니 일단 긴 머리를 감고 말리는 것만 해도 거추장스러웠고 또 아이에게 분유를 먹일 때 긴 머리가 아이의 얼굴에 걸리적거릴 때도 있다. 그러나 나는 그런 이유로 머리를 자를 필요성을 느끼지는 못했다. 머리를 묶으면 간단하게 해결되기 때문이었다. 긴 머리를 고수하자라고 생각하고 보니 의외로 자를 이유가 없었던 것이다.

그래서 그 질문에 "글쎄요. 아직은 기를 만한 것 같아요."라고 대답했더니 그 분이 "그럼 피오나 님이 자르면 저도 자를게요."라고 말해서 서로 웃었다.

아직까지 머리를 자를 만한 특별한 이유를 발견하지 못했고 조금 더 딸이 자라서 엄마를 그릴 때 아빠와 비슷하게 그리는 게 아니라 긴 머리 엄마를 그려주길 바라고 있다.

머리보다 아이가 생기고 정말 많이 변하게 된 것은 옷차림이다. 아이와 외출을 하려면 일단 움직임이 편한 옷차림이어야 하니 면 티를 입고 바지를 입고 슬립온이나 플랫을 신게 되었다. 그런데 이 모습을 보고 조카 아이가 "이모 변장했어?"라고 물어보기에 아차 싶었다. 조카는 예전의 모습과 내가 너무 달라져서 그렇게 물어본 것 같았다.

가까운 남편도 친구도 내 내면의 여성스러움을 과연 얼마나 알고 있을까.

그 후부터는 최대한 원피스를 무릎 아래 길이나 맥시로 입으려 했고 신발도 슬립온이나 플랫이라도 최대한 여성스러운 디자인을 고르려고 했다. 그러나 이것도 쉽지 않았다. 구두는 굽도 디자인의 일부였기에 굽이 낮으면 여성스러운 디자인이 되기 힘들다.

많은 사람들이 얘기한다. 겉보단 내면의 여성스러움이 중요하다고. 그러나 과연 내 내면의 여성스러움을 봐줄 수 있는 사람이 몇이나 될까. 가까운 남편도 친구도 내 내면의 여성스러움을 과연 얼마나 알고 있을까. 그리고 내면의 중요함은 나 말고도 많은 사람들이 얘기하고 있으니 그 사람들의 글을 참고로 하면 될 것 같다.

그렇다면 나는 왜 외면의 여성스러움에 대해서 얘기하고 있는가? 여자들은 내면의 아름다움이 자기 안에서 끝나는 것이 아니라 그 여성스러움이 밖으로도 드러나기를 바라기 때문이다.

그리고 이제 두 돌 된 아이가 같은 여자라도 언니, 이모, 할머니를 구분하기 시작했는데 이게 겉으로 보이는 나이가 기준이라는 것을 알게 되었다. 처음에는 내가 만나는 사람마다 언니, 이모, 할머니라고 알려주었는데 어느 순간부터 자신의 판단으로 내가 알려주지 않아도 알아서 호칭을 부르고 있었다. 그리고 이렇게 부르게 된 호칭은 좀처럼 수정되지 않았다. 초등학생까지는 언니라 부르고 중학교부터는 이모라 불렀다. 아마도 중학생은 거의 키나 외모가 어른과 비슷하기 때문인 것 같다. 그리고 할머니는 정말 얼굴에 주름이 자글자글할 정도의 할머니에게만 할머니라고 했다. 조금이라도 젊어 보이면 이모라고 불렀다. 그 사람의 실제 나이가 아니라 '보이는 나이'가 중요하다는 걸 새삼 깨달았다.

오죽하면 아가씨로 보이는지 아줌마로 보이는지 알고 싶으면 아이에게 뒷모습만 보여주고 물어보라는 말이 있을까 싶다. 그러나 어디 아이 뿐이랴. 거리에서 아줌마란 소리를 들으면 기분 나빠하고 아가씨 소리를 들으면 기분이 좋다. 흘깃 보기에도 여성스럽고 젊어 보인다는 말은 언제 들어도 기분 좋은 말이다.

이제 마흔일곱 살이나 된 나는 많은 것을 바라지 않는다. 요새는 아가씨로 보이는 것은 차치하고 할머니처럼 보이지 않기를 바랄 뿐이다. 최소한 애랑 다닐 때 애 엄마로 보였으면 좋겠다.

외면할 수 없는
진짜 노화

30대만 해도 '늙는다.'라는 주제로 참 많은 얘기를 한다.

"늙으니까 피부가 장난 아냐. 올 여름까지만 해도 괜찮았는데 가을 되고 겨울 되니 각질의 질이 다른 것 같아."

"이제 밤새고 노는 건 못 하겠어. 나이를 먹었나봐."

"남자들도 나이 먹은 여자는 여자로 안 본다니까!"

이런 얘기를 꺼낼 수 있는 것도 30대까지다. 40대가 되니 진짜 늙은 것 같아서 늙었다는 말을 입으로 꺼내기가 겁난다. 무섭다. 인정하고 싶지 않다. 행여 내가 저렇게 말했다가 누가 '맞아요! 작년 하고 올해가 다르시네요.'라고 할까봐 두렵다. 그래서 내가 먼저 말을 하지 않는다.

그러나 나는 알고 있다. 내 몸이 늙어가고 있음을, 진짜로 작년과 올해가 다름을. 흰머리 염색은 이제 일주일만 지나도 희끗희끗 올라오고 눈은 침침해서 이북을 오래 읽기도 힘들고 조금만 뛰어도 숨이 차다. 혹시 귀에 이상이 있을까봐 왼쪽 귀를 가리고 혹은 오른쪽 귀를 가리고 들어본다. 그래도 말하지 않는다. 그냥 싫다. 치마 입고 걸어가다가 넘어졌는데 무지 아프지만 너무 창피해서 안 아픈척 하고 바로 일어서서 아무 일 없는 척하는 심정이라고나 할까.

내가 처음 노화를 확실히 느낀 것은 눈이었다. 30대 때 내가 나이 들었다고 생각한 건 그저 기분에 의한 것이라는 사실을 깨닫게 한 사건이었다. 핸드폰 화면을 쳐다 보다 눈앞으로 가까이 끌어오니 더 안 보이는 거다.

'설마… 노안?'

다시 해봤다. 멀면 잘 보이는데 가까우면 안 보인다. 안 보이면 습관적으로 가까이 보게 되는데 소용 없었다.

난 아무에게도 말하지 않고 하루를 보냈다. 혼자서 몇 번이고 글자를 가까이 봤다 멀리 봤다 했다. 다음 날 나보다 어린 후배에게 물어봤다.

"가까운 게 잘 보여? 먼 게 잘 보여?"

"당연히 가까운 거죠."

아, 나만 그렇구나. 노안이 왔구나…. 그 후에 일상의 작은 불편이 시작되었다. 작게 써 있는 글자를 못 읽게 된 것이다. 주로 작은 글씨는 제품 성분 표시다. 아이 과자를 사면서 제품 성분을 확인하고 싶은데 읽을 수가 없다. 아마 꼭 필요한 작은 글씨들을 조금만 크게 한다면 많은 사람들이 편해질 것이다. 그래서 가끔 남편에게 봐달라고 한다. 이래서 한 살이라도 젊은 남편이 좋은 건가? 그럴 때마다 남편은 웃으며 읽어준다. 하지만 이것도 기분이 썩 좋지는 않다. 남편에게 늙은 여자로 보이고 싶지 않기에.

핸드폰 글자도 확대해서 봐야 한다. 카카오톡 글자를 확대해놨는데 마음 같아선 더 크게 하고 싶은데 티나는 건 또 싫어서 보일 수 있는 정도의 사이즈로 해놓았다.

내가 이런 얘기를 나보다 더 나이 든 분들한테 했더니 난생 처음으로 돋보기를 맞추던 날을 잊을 수가 없다는 얘기를 하셨다. 다행히 아직 돋보기 없이 버틸 만하다는 걸 위안으로 삼아야 하나.

핸드폰 글자도 크게 키워야 보이는 나이가 되다니!

사람에 따라서 노화는 빨리 혹은 늦게 찾아올 것이다. 그렇지만 늙지 않는 사람은 없다. 그리고 그 노화가 머리카락이든 눈이든 귀이든 시작되는 때가 40대인 것 같다. 귀는 갑자기 안 들리면 바로 병원에 가서 조치를 취하지 않으면 늦는다고 하니 귀도 조심해야 한다. 이제 더 이상 가벼운 신세한탄으로 '늙는다.'라는 얘기를 할 수 없게 된 것이다.

늙는 것에 대해 진지해지고 또 함부로 얘기하지 못하고 대책을 마련해야 한다는 생각이 든다. 노화를 예방하는 방법에 나도 한동안 관심이 참 많았다. '안티에이징'이라고만 써 있으면 가그린까지 사봤다. 〈업사이드 다운〉이란 영화를 보면 중력을 거스르는 크림을 개발하여 '안티에이징 제품'으로 출시하는데 정말 그런 게 있다면 무슨 수를 내서라도 사고 싶었다. 어느 교수님의 말로는 노화 예방의 최고는 운동인데 가장 돈이 안 들어 소개되지 않는 거라고 해서 피겨 스케이팅을 타 보기도 했다.

그러다 아이를 키우면서 알게 된 사실이 있다. 똑같은 음식을 먹는데 아이는 자라고 성인은 늙는다. 똑같은 운동을 하는데 아이는 자라고 성인은 늙는다. 똑같이 자고 일어나는데 아이는 자라고 성인은 늙는다. 이 사실을 깨닫고 나니 노화에 대해 어느 정도는 인정하고 받아들일 수 있게 되었다. 노화가 더 이상 부끄러운 게 아니고 자연의 섭리라는 것을.

그래도 안타까운 것은 딸아이 얼굴을 자세히 보고 싶어 가까이 볼수록 흐려진다는 것이다. 앞으로 영영 더 자세히 볼 수 없다고 생각하니 아쉽고 또 아쉽다.

딸아이 얼굴만이 아니다. 내가 보는 이 세상이 점점 더 흐려질 것이다. 그 흐림 속에서 나는 얼마나 중심을 잡고 살아갈 수 있을까. 노화를 받아들이되 '나이'에 '노화'에 지지 않고, 포기하지 말고 나로서 살아갈 수 있다면 좋겠다. 눈이 흐려져 덜 보여도 보려는 '노력'만큼은 계속 하고 싶다.

　40대는 진짜 노화를 알게 된다. 그래서 '노화'를 함부로 얘기할 수 없다.

동안도
더 이상 칭찬이 될 수 없다

얼마 전 한때 청순미로 인기를 끌었던 40대 여가수의 사진이 기사로 올라온 적이 있다. 처음 기사에서는 '가수 ○○○, 세월이 지나도 동안 미모 유지…' 뭐 이런 식이었던 것 같다. 내가 보기에도 40대라고 하기에는 훌륭한 외모였다. 단지 헤어스타일이 귀신 같이 너무 길고 좀 부스스해 보였달까. 그런데 나만 그렇게 느끼는 게 아니었던지 기사의 댓글에는 '동안'에만 집착해서 그런지 괴상망측하다는 내용이 많았다.

그러자 그 후부터 기사의 내용과 톤도 바뀌었다. '여전히 아름답지만 어색…' 뭐 이런 식이었다. 사람의 외모를 놓고 왈가왈부하는 것도 그렇지만 이건 외모 자체가 아니라 어떻게 '관리'를 하느냐의 문제인 것 같기도 해서 더 씁쓸한 기분이 들었다.

내 주변의 최강 동안은 마흔에 공무원이 된 S양(앞서 '여자한테는 선생질이 최고지'에서 등장한 인물이다.)으로 항상 20대 초반 심지어 고등학생으로 오해 받는 외모이다. 그런 그녀가 마흔이 되어서는 사람들이 자기 나이를 알면 너무 놀라는데 그 놀람이 부담스러워 더더욱 나이를 밝히기 부끄럽다고 했다.

어쩌면 동안도 30대까지만 유효한 칭찬인지도 모르겠다.

도대체 마흔은 어떻게 가꿔야 하는 걸까? 쉬운 정답은 있다. 사람들이 모범적으로 생각하는 40대 이미지는 연하와 연애를 해도 어색하지 않을 '김희애' 정도가 아닐까? 그런데 따지고 보면 20대는 연예인과 일반인의 차이가 그리 크지 않아 보이는데 나이가 들수록 연예인과 일반인의 차이가 벌어지는 느낌이다. 가끔 40대 이상 아줌마들이 모이는 곳에 가서 보면 '저렇게 하면 멋있겠다.'라는 동경심을 갖게 해주는 사람이 거의 없다. 어디를 가나 짧은 파마머리에 조금씩 길이와 웨이브가 다를 뿐이고 무채색의 옷들과 플랫류 신발들의 향연을 볼 수 있다. 물론 나는 이런 현상을 나쁘거나 바꿔야 한다고 생각하지 않는다.

어쩌면 동안도 30대까지만 유효한 칭찬인지도 모르겠다. 도대체 마흔은 어떻게 가꿔야 하는 걸까?

우리들은 10대, 20대 젊은이들을 보며 다 비슷비슷하다며 구별하기 어렵다고 한다. 마찬가지로 젊은이들은 40대 아줌마들이 모여 있으면 구별하기 어렵다고 할 것이다. 그렇게 비슷한 패션과 헤어스타일이 그 세대 속에서 유행하고 있는 것이니까.

문제는 '나는 어떻게 할 것인가?'이다.

30대까지는 어려 보인다는 말은 절대적 칭찬이었다. 그런데 40대는 어려 보인다는 말도 그다지 반갑지는 않다. 물론 기쁘기는 하지만 어려 보이기'만'하는 게 아닐까 걱정스러운 마음이 든다.

옷도 꽤 신경 쓰인다. 30대는 20대의 패션도 그다지 어색하지 않다. 그런데 40대는 20대 패션을 잘못 입으면 옷만 어려 보이기 십상이다. 남자들이 싫어하는 옷차림 중에 어그 부츠, 레깅스 등등이 꼽힌다지만 아마 그 중에 '어색하게 젊은 패션'도 빠지지는 않을 것이다.

40대의 얼굴과 옷차림에는 약간의 세월의 흔적이 필요한 것 같다. 젊어 보여도 나이에 어울리게 젊어 보여야 하고, 세련된 패션 감각도 나이에 어울리게 뛰어나야 하고 심지어 브랜드 물건도 너무 젊은 브랜드는 어색하다.

아, 세월이 지나면 몇 개쯤 쉬워지는 일이 있을 줄 알았는데 더 어려워지는 것만 늘어난다.

부끄럽지도
부럽지도 않은 꼬리표

막연히 나이가 들면 정체성에 대한 고민이 사라지지 않을까 생각했는데 아니었다. 살아 있는 동안 끊임없이 나는 누구인가를 생각하게 되는 것 같다.

20대에는 정열적이었던 만큼 좌충우돌 몸으로 부딪히며 고민했던 것 같고 나름 현학적이며 지적이라고 자부하던 30대에는 온갖 이론을 찾아헤매며 고민했던 것 같다. 그런데 마흔이 되고 보니 나이를 의식하게 되면서 '이 나이에 부끄럽지 않은 내 자신이 어떤 모습일까?'를 먼저 생각하게 된다. 그러면서 내 이름보다 나한테 달린 꼬리표가 다른 사람에게 나의 정체성을 쉽게 알려주는 도구가 된다는 생각이 들었다.

내 주변을 돌아보니 마흔에 달고 있는 꼬리표들이 보였다.

'애 엄마', '워킹맘', '싱글(노처녀)', '이혼녀', '싱글맘'…기타 등등. 희한하게도 이 꼬리표는 직업이나 사회적 위치와는 상관 없이 결혼여부에 따라 달라졌다. 그리고 스스로도 이런 꼬리표를 꽤 의식하게 된다.

나의 꼬리표의 변천 과정을 보자면 20대에는 싱글이었다가 30대에 첫 번째 결혼 후 잠깐 아무 꼬리표가 없는 듯하다가 30대 중반에 '이혼녀'라는 꼬리표를 달았고, 40대에 재혼을 하며 애가 생기고 '애 엄마'라는 꼬리표를 갖게 되었다.

그런데 왜 마흔이 되어서야 이 꼬리표를 심각하게 인식하게 되었을까. 아마도 영영 이 '꼬리표'로 남지 않을까 하는 불안감 때문이지 않을까?

20대나 30대는 꼬리표라기보다는 그저 하나의 과정이라고 생각을 할 수 있었다. 하지만 40대의 꼬리표는 더 이상 변화를 기대할 수 없다는 절망감 때문에 더더욱 크게 의식되는 듯하다. 그런데 희한하게도 이 꼬리표는 그 사람의 가장 취약한 지점으로 생각되는 것에 붙는다.

사람들은 그 사람 그 자체, 개인으로 보려 하지 않고 자기 아는 범위로 '꼬리표'를 만들어 보기를 좋아한다. 회사에서 높은 지위에 있어도 여자의 꼬리표에 'O부장'이 붙지는 않는다. 만약에 애가 있다면 '애엄마' 혹은 '워킹맘', 애가 없다면 '노처녀' 이런 것이 꼬리표가 된다. 그동안 아무리 노력해서 자신의 삶을 일구어 왔다고 해도 '꼬리표'가 붙는 건 어쩔 수 없다. 그리고 웬만해서는 이 꼬리표를 떼어내고 봐주기를 기대하기도 어렵다.

　나도 종종 '연애칼럼 작가'라는 꼬리표가 억울할 때가 있다. '피오나'라는 사람이 하는 이야기를 모두 '연애'라는 카테고리로 한정 지어 보는 사람들이 많기 때문이다. 연애칼럼 작가라는 꼬리표는 가벼운 남녀관계나 끄적거리는 이미지로 보이는 것을 아주 잘 알고 있다. 실제로 내가 얼마나 많은 고민과 번뇌 속에서 칼럼을 쓰는지는 상관없이 말이다. 그렇다면 내가 다른 사람들을 단순히 '애엄마', '노처녀'로 멋대로 부르는 건 괜찮을까? 그건 미안한 일이 아닐까? 나한테 붙은 꼬리표만 못마땅하게 생각하고 정작 남한테 붙이는 꼬리표에는 무신경했던 것은 아닌지 반성하게 된다.

> **나이가 들수록 '사람을 쉽게 알아본다.'거나 '한번만 봐도 안다.'라고 하는 건 오랫동안 쌓인 경험이라기보다는 편견일 수도 있다.**

　마흔이 되도 '나는 누구일까?'라는 정체성을 고민하는 것은 당연한 일일지도 모른다. 다만 20대 30대와 별다를 것 없는 고민이라도 40대의 고민은 '나'에게서 시선을 넓혀 '타인'에 대한 이해가 조금은 더해지는 방향으로 가면 좋겠다고 생각했다. 나를 꼬리표가 아닌 나 자신으로 봐주는 것을 기대하는 만큼 다른 사람들도 알기 쉽게 붙인 꼬리표가 아닌 그 사람 자체로 봐주면 조금 더 제대로 그 사람을 볼 수 있게 되지 않을까?

나이가 들수록 '사람을 쉽게 알아본다.'거나 '한번만 봐도 안다.'라고 하는 건 오랫동안 쌓인 경험이라기보다는 편견일 수도 있다는 생각이 든다. 오히려 마음의 여유를 가지고 사람을 조금 더 찬찬히 자세히 볼 수 있는 그런 '마흔의 눈'을 가지고 사람들에게 달린 '꼬리표'만이 아닌 다른 모습도 볼 수 있기를 희망한다.

당신이 마흔에 어떤 꼬리표를 달고 있든 그 꼬리표가 아닌 당신 그 자체를 봐줄 수 있는 사람을 만난다면 그것만으로도 큰 위안이 될 것이다. 세상을 사는 힘을 얻을 수 있다. 조금 더 욕심을 내어 당신이 먼저 그런 사람이 될 수 있기를, 또한 나 자신도 그런 사람이 될 수 있기를 바라본다. 그래서 자신에게 달려 있는 꼬리표도 또 다른 사람에게 달려 있는 꼬리표도 절대 부끄럽지 않은 것임을 서로가 인정해주면 좋겠다.

세월은

나만 잘나게 만들지 않는다

　얼마 전, 엄마들 모임에 나갔다. 애 엄마가 되면 그런 모임이 많을 것 같지만 내가 애 엄마가 되었다고 해서 이전의 인간관계를 탈탈 털어버리고 다시 아이를 중심으로 관계를 맺는 게 아니라고 생각해서인지 애 엄마들과 만날 기회가 많지는 않았다. 솔직히 갓난아이를 돌보면서 새로운 인간관계를 맺는다는 게 현실적으로 어렵기도 하다. 기존의 인간관계마저 끊어질 것 같은 상황에서 굳이 애 엄마라는 이유로 새로운 인간관계를 만들고 싶지 않았던 이유가 더 컸다. 그 덕분인지 애 엄마 모임은 거의 처음 참가한 것이나 마찬가지였다.

　애 엄마 모임에 가기 전에 어떤 엄마들이 올지 궁금했다. 공통점은 '입양 엄마'라는 것이었지만 그 나머지는 어떤 엄마들일지 알 수 없었다. 그러면서 속으로 나는 애 엄마들 중에서 내가 잘난 축에 들 것이라고 생각했던 것 같다.

보통 우리가 갖는 애 엄마들에 대한 이미지를 떠올려 보자. 뽀글뽀글 파마 머리에 애 키우느라 사회 돌아가는 건 알지도 못하고 전철을 타면 가방 던지고 자리 맡는 그런 아줌마. 그런데 나는 일단 뽀글뽀글 파마 머리도 아니고, 회사 생활도 나름 오래 했으니 세상일에 밝은 사람이고, 더구나 전철을 타지 않고 자가 운전을 하는 아주 세련된 애 엄마가 아닌가!

모임이 시작하고 자기 소개를 하는 시간이 되었다. 간단한 자기 소개가 아니라 꽤 길게 자신에 대해서 얘기하는 분위기였다. 자기 소개가 아예 대화 주제가 되어 흘러 가기도 했다.

내 차례는 두세 번째쯤이었는데 나는 아이를 어떻게 만나게 되었고 지금 어떤 마음으로 키우고 있다는 정도만 얘기했다. 책을 쓴다거나 어떤 공부를 했는지 등 굳이 나를 잘 알지 못하는 사람들한테 구구절절한 이력을 밝힐 필요가 없다는 단순한 생각이었다. 그런데 자기 소개가 이어질수록 내 자신에 대한 소개를 간단히 하기를 잘했다는 생각이 들었다. 엄마들의 이력은 나만큼이나 화려했고 또 현재 좋은 직장에 다니는 엄마들도 많았다. 생각해보니 우리 세대의 마흔이면 그럴 만했다.

마흔이란 세월도 한몫했을 것이고 또 우리 세대는 대학은 꼭 보내야 한다는 생각을 가진 부모들이 농촌에서 소 팔고 땅 팔아 교육을 시

나만 아주 세련된 아줌마일거라는 착각이 깨지는 데는 오랜 시간이 걸리지 않았다.

키던 때였으니까. '상아탑' 대신 '우골탑'이라는 말까지 있을 정도였으니 우리 세대에 대학 졸업은 드문 일이 아니었다. 또 대학을 나와 취업을 한 세대라 자신이 돈 벌어 하고 싶은 것들은 웬만큼 할 수 있었던 것이다.

그렇게 마흔까지 살아왔다면 공부를 한 사람은 박사과정까지 했을 시간이고 사회 생활을 했다면 평사원은 아닌 어느 정도의 직급은 달고 있고 전문직이라면 꽤 높은 지위에 오를 그런 나이다. 물론 그렇게 드러나는 것이 없다고 하더라도 마흔 살까지 축적된 지식이나 경험은 엄청날 수밖에 없을 것이다. 그리고 또 누구보다 열심히 살아왔고 누구보다 어렵게 역경을 넘었으며 누구보다 힘겹게 돈을 벌고 있다고 생각할 것이다.

나 스스로도 애 엄마이면서 나 혼자만 세련되고 잘난 애 엄마고 왜 다른 애 엄마들은 그렇지 못할 것이라고 단정지었던가. 그 자리에 있었던 많은 여자들이 40대였는데 어째서 그들보다 내가 잘났을 것이라는 근거 없는 우월감을 가지고 있었나 싶었다.

생각해보니 이런 편견은 이미 오래 전에 깨진 적이 있다. 내가 '인어공주는 왜 결혼하지 못했을까?'라는 인터넷 카페를 만들고 많은 여자들이 연애 고민을 가지고 모였을 때 나도 연애 고민을 했던 사람이었으면서도 연애 고민을 하는 여자는 못생겼거나 스펙이 별로이지 않을까라는 생각을 했었던 것 같다.

그러나 실제로 까페 회원을 만나봤을 때 너무나 예쁘고 훌륭한 사람들이 많아서 놀랐던 기억이 있다. '연애 고민'을 한다고 못난 여자가 아니라는 편견이 깨지는 순간이었다. 그럼에도 불구하고 나는 또 '애 엄마'에 대해 편견을 갖고 있었나 보다.

우리는 모두 미혼에서 기혼으로 또 엄마가 되기도 하지만 학교에서 선생님일 수 있고 회사에선 과장일 수 있고 길거리에선 그냥 아줌마일 수도 있다. 왜 우리는 이런 개인들을 통합(integration)하지 못하는 것일까.

'마흔'이란 세월은 나만 잘나게 만들지 않았다. '마흔'을 살아오는 동안 누구나 쌓아온 것이 있다. 그리고 그 축적물은 누구의 것이 잘났고 못났고를 비교할 수 없는 영역이라는 생각이 들었다. 그래서 마흔은 그동안 쌓아온 지식과 경험으로 잘난 척을 할 나이가 아니라 다시한 번 겸손한 마음으로 주변 사람들에게 '배움'의 기회를 얻어야 하는 나이가 아닐까 싶다.

당신의 주변에 마흔이 있다면 무언가 배울 수 있기를, 또 당신이 마흔이라면 또 누군가에게 '배움'을 줄 수 있기를.

10년 후에도 지금처럼 살 수 있을까?

제 2 의

인 생 이   있 긴   한   걸 까 ?

마흔이 되기 전에는 마흔에 성공한 사람들 얘기만 눈에 보였다. 그리고 새롭게 인생을 시작한 사람들 얘기도 눈에 많이 들어왔다.

마샤 스튜어트를 보라. 집에서 살림만 하던 여자가 그 아이디어를 바탕으로 사업가가 되지 않았는가. 그리고 화가 고갱을 모델로 한 『달과 6펜스』 소설에도 성공한 마흔이 나온다. 마흔까지는 회사만 다니던 사람이 화가가 되겠다고 가족을 버리고 떠나 결국 화가로 성공하고 타히티라는 멋진 자연 속에서 생을 마감한다.

인생은 언제든지 노력만 하면 새 출발이 가능한 거고 그렇지 않은 사람은 노력이 부족한 거라고 그렇게만 믿던 시절이 있었다. 그런데 마흔이 되고 나니 제2의 인생이란 결국 판타지에 지나지 않는다는 것을 깨달았다.

물론 마흔이 넘어 성공한 사람들을 열거하라면 위에서 예를 든 것보다 훨씬 많을 수 있다. 그러나 마흔에 그저 그렇게 살고 있는 사람들은 그보다 훨씬 더 많은 숫자일 것이다. 늘 소수의 성공 사례만 부각되고 자주 보여줘서 그런 사람들이 많다는 착각을 불러일으키지만 결코 현실은 그렇지 않다.

이 글을 쓰는 이유도 그 현실을 이야기하고자 함이다. 마흔에 과연 새로운 일을 시작할 수 있을까?

작년에 〈비긴 어게인(Begin Again)〉이란 영화가 크게 흥행을 했다. 그 영화를 보면서 나는 '40대의 재기' 과정에 먼저 눈길이 갔다. 영화 속의 남자 주인공은 과거에 엄청난 성공을 거둔 제작자이고 히트곡을 많이 만들어낸 사람인데 현재는 이혼하고 술독에 빠져서 무일푼으로 산다. 이 남자의 캐릭터만으로 40대의 많은 부분이 설명된다. 40대는 성공하는 나이일 수도 있지만 성공했다가 무너지는 나이이기도 하니까.

내가 인터넷 업계에서 일하던 시절 벤처기업 사장들 중에는 30대가 많았다. 인터넷이 새로운 사업 아이템이 되면서 인터넷을 모르는 40대는 달려들 수 없는 분야이기도 했다. 그래서 20대 사장도 있었고 30대 사장도 있었다. 그런데 지금도 그 명성을 이어가는 사람은 몇 명 되지 않는다.

나도 20대, 30대 사장들을 알고 있었다. 20~30대 사장만이 아니었다. 이사, 상무, 전무 등등 승승장구하던 사람들이 많았다. 그런데 지금 그들은 무엇을 하고 있을까?

언젠가 미나리가 나에게 보내준 링크가 있었다.

'인터넷 회사에 다니다가 나중에는 치킨 가게 사장 한다면서요?'라고 초등학생이 쓴 글이었다. 아마 그 초등학생은 미래의 직업을 궁금해 하면서 인터넷 회사에서 일하면 어떤가 검색하다 그런 정보를 얻은 모양이었다. 그리고 고작 치킨 가게나 하는 것이냐고 묻고 싶었던 모양이다. 그런데 미나리와 나는 인터넷 회사에서 일한 사람들이 어떤 말로를 겪고 있는지 잘 알고 있던 터라 "치킨 가게면 성공한 건데….”라고 웃으며 얘기한 적이 있었다.(절대 웃으며 얘기할 얘기는 아니었지만….)

내가 인터넷 회사에서 일해서 이런 예를 들었지만 다른 곳도 마찬가지다. 30대까지 잘 나가던 사람이 40대에 고꾸라지는 예는 정말 많다. 그러면서 '40대에게 과연 얼마나 희망이 있는가?' 하는 의문이 든다.

20대라면, 아니 30대라면 다시 학교를 다니거나 유학을 간다거나 기타 등등 새롭게 시작할 수 있겠지만 40대는? 물론 왜 40대라고 못하겠는가. 할 수 있고, 하면 된다.

나도 마흔에 대학원을 다녔다. 그리고 놀란 것은 내가 학생들 중에 나이가 어린 편이며 더 나이가 많은 사람들이 대학원을 다니고 있다는 사실이었다. 물론 나이가 들어도 배움의 노력을 하고 있다는 건 훈훈한 이야기가 될 수 있다. 그것을 부정하지는 않는다. 그런데 40대에 대학원을 다닌 후에는? 어떤 다른 미래가 있을까?

내가 대학원을 다닌 것을 후회하느냐고 묻는다면 후회는 안 하지만 굳이 다닐 필요가 없었다는 게 솔직한 생각이다. 배운 것도 많고 공부도 많이 했지만 공부는 때가 있다는 말이 맞다. 공부 자체는 재미있었지만 그것이 가져다 준 내 인생의 기여도를 보면 아주 미미하다는 생각이 든다. 그리고 나의 학력은 여전히 20대 졸업한 대학이 주가 되는 느낌이기도 하다.

40대에 새로운 것을 시도하면 칭찬받고, 주목받고, 세상을 열심히 산다고 할지 모른다. 그런데 개인에게 주는 의미를 떠나 사회에서 써먹고 거기서 더 나아가기에는 턱없이 부족하다. 더구나 현재 우리 사회에는 취업을 위해 스펙을 쌓고 아낌 없이 투자하고 노력하는 20대들이 있다. 그들과 경쟁하기에는 너무 부족하다.

다시 시작하자. 자신이 하던 거를 하자. 비긴 어게인!

현실적인 얘기를 한다고 했으니 현실적인 얘기를 하자. 앞서서 말했듯 영화 제목처럼 '비긴 어게인'이 필요하다.

영화 속 남자 주인공도 자신이 과거에 했던 일에서 실마리를 풀어낸다. 이번에는 10대 아이돌 같은 가수가 아니라 진짜 싱어송라이터를 찾아내서 그녀를 가수로 데뷔시킨 것이다. 영화는 남자가 큰 성공을 거두는 게 아니라 다시 음반을 냈다는 정도에서 끝난다. 다시 성공했다기보다는 재기를 했을 뿐이라고 볼 수 있다. 나는 그 현실적인 결말이 아주 맘에 들었다.

다시 시작하자, 자신이 하던 거를 하자는 거다. 특히나 요즘 세상에는 성공을 떠나 하던 일을 계속하는 것도 정말 힘든 게 사실이다. 지금까지 해온 일을 계속 하는 것도 아무나 할 수 없다. 잘하고 있는 거란 얘기다.

나도 그렇다. 20대에 여행 안내서도 2권 썼고, 30대에 소설도 2권 썼다. 결과는 그저 그랬다. 아주 나쁘지도 아주 좋지도 않았다. 40대에 『인어공주는 왜 결혼하지 못했을까?』를 출간했고 내 인생에 있어서는 가장 성공한 책이 되었다. 그리고 앞으로도 하던 일을 계속 할 생각이다.

물론 나의 예를 모든 사람에게 적용시키기는 어려울 수 있다. '작가'라는 직업이 일반적이지는 않으니까 말이다. 그런데 잘 생각해보자. 자신의 인생에서 완전히 새로운 걸 찾으려고 하지 말고 자신이 지금까지 해왔던 거를 살펴보면 그 속에 답이 있지 않을까?

너무 멀리 보지 말고 자신부터 들여다보자. 답은 내 안에 있다.

10년 후,
싱글세를 내게 될까?

지난 해 가을, 싱글세 논란이 세상을 시끄럽게 했었다. TV에, 인터넷에 아주 난리였다. 처음 뉴스를 접했을 때, 나는 혼자 조용히 '이런….' 하고 말았다. 누구한테 이것 좀 보라며 한마디 하지도 않았다. 그런데 시간이 갈수록 점점 더 논란은 거세졌다. 나는 가만히 그렇지만 아주 흥미롭게, 한마디로 재미있어 하면서 이 난리를 지켜봤다. 처음엔 재미있었다. 뭐가 재미있냐고? 아니, 그렇지 않은가. 난 우리나라에 싱글들이 이렇게 많은 줄 몰랐다. 싱글들이 이렇게 목소리를 내는 것도 그때 처음 봤다. 나만 혼자 사는 건 아닌가 보다, 나는 비주류도 희귀종도 아닌가 보다, 갑자기 외롭지 않네 하면서 뉴스를 보며 혼자 기뻐했던 기억이 난다.

이렇게 싱글세 논란이 거셌던 이유는 현재 싱글인 사람들뿐만 아니라 앞으로 싱글로 살아갈 것으로 스스로 예상하는 사람들이 가세했기 때문인 것 같다. 우리나라에 싱글과 싱글잠재군들이 이렇게 많은 걸 보면 내 인생이 이렇게 혼자 사는 방향으로 흘러온 것도 온전히 나 혼자만의 선택의 결과는 아닐 수도 있겠다. 개인의 삶은 사회 변화에 영향을 받고 그래서 인간을 사회적 동물이라고 하지 않나.

나만 혼자 사는 건 아닌가 보다. 나는 비주류도 희귀종도 아닌가 보다. 갑자기 외롭지 않네.

이러한 싱글과 싱글잠재군들이 정말 사회 변화의 흐름이 맞는지 자료를 찾아 봤다.

다음의 그래프를 보면 2015년이면 우리나라의 모든 정책의 기준이라는 4인 가구는 18.8%밖에 되지 않고, 1인 가구가 27%로 예상된다고 나온다. 우리나라의 10년 후 모습이라고 말하는 일본은 이미 2011년에 1인 가구의 비율이 31.5%로 30%를 넘어섰고, 도쿄의 경우 그 비율이 무려 42.5%로 거의 둘 중 하나가 혼자 살고 있다. 복지천국 스웨덴은 1인 가구 비율이 47%, 수도인 스톡홀롬은 60%라고 한다.

이 정도되면 나는 상당히 트렌디하게 살고 있는 인간이었던 것이

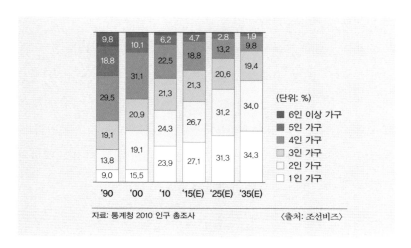

	'90	'00	'10	'15(E)	'25(E)	'35(E)

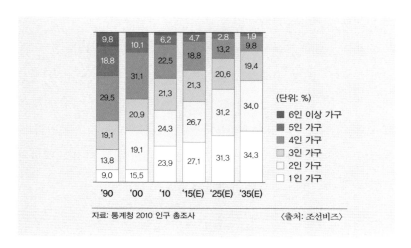

(단위: %)
- 6인 이상 가구
- 5인 가구
- 4인 가구
- 3인 가구
- 2인 가구
- 1인 가구

자료: 통계청 2010 인구 총조사   〈출처: 조선비즈〉

한국의 가구 형태

다! 난 주류였고 심지어 트렌디한 인간! 전체의 30%면 거의 1/3 인데 그걸 비주류나 소수자라고 말할 순 없지 않은가. 결국 싱글잠재군까지 합쳐서 약 30%가 싱글세 논란에 참여했다는 추정이 가능하다. 그러니 여러 날에 거쳐 논란이 가라앉을 줄 몰랐던 것이다. 싱글세 논란을 시작으로 그래프까지 찾으며 '나는 혼자가 아니었다.'는 이 엄청난 사실을 깨달았으니 이를 어쩌면 좋을까.

이 정도면 나는 상당히 트렌디하게 살고 있는 인간이다!

결국엔 혼자면서, 혼자인 사람들끼리, 혼자인 사람을 보면서, 혼자가 아니라고 기뻐하는 이런 모순적 상황을 어쩌면 좋단 말인가. 나도 트렌디하고 너도 트렌디해서 결국 아무도 선망해주지 않는 이 트렌드를 어쩌면 좋단 말인가. 내가 느낀 기쁨의 모순을 발견한 순간부터 싱글세 논란이 재미없어졌다. 한국사회가 언제부터 이렇게 싱글들을 양산하기 시작했을까.

'화려한 싱글'이란 말이 한국에 상륙한 건 1994년이다. 미국 잡지 편집장 헬렌 걸리 브라운의 책 『나는 초라한 더블보다 화려한 싱글이 좋다』가 출간되면서 독신 신드롬이 시작됐다. 98년에는 재력을 갖춘 전문직 독신 여성을 가리켜 '골드 미스'란 표현도 등장했다. 이렇게 90년대 본격화된 '골드 싱글' 1세대는 약 20년이 흐른 지금 40대 후반 60대의 장년층이 됐다. 〈출처: 국민일보〉

싱글세 논란과 함께 보도되었던 기사의 일부분이다. 이렇게 정리를 해주니 얼마나 고마운지 모르겠다. 내가 싱글 1세대인줄 알았는데 아닌 모양이다. 생각해보니 몇 안 되는 우리 사무실만 해도 50대 골드 싱글이 2명이나 있다. 바로 이런 분들이 싱글 1세대인 모양이다. 그런데 여기서 심히 거슬리는 저 골드라는 글자, 저기에 왜 골드가 붙었는지 볼 때마다 이해되지 않았는데, 이제야 알겠다. 그건 그냥 내가 1세대가 아니기 때문이다. 1세대들은 나름 경제 호황기의 맛도 보았으니

IMF와 함께 사회로 나온 우리 세대와는 비교할 수 없을 것이다.

'화려한 싱글'이라는 말이 등장한 지도 이미 20년이라는 세월이 흘렀고, 나를 비롯하여 혼자 살고 있는 주변인들을 둘러봐도 '골드'라서 혼자 사는 케이스는 거의 없다고 보여지는 바, 이제 혼자 산다는 것과 골드라는 것을 연결 짓는 고정관념은 버리는 게 좋을 것 같다. 언젠가 내가 "혼자 살아요."라고 했더니, 상대방이 "아, 골드미쓰으~" 이러는데, 그 리액션이 정말이지 손발이 오그라들도록 촌스럽게 느껴졌다. 역시 내 현실과 동떨어진 20년 전 유행어였기 때문인 모양이다.

세월이 지나 최근 유행하는 말은 3포 세대(경제적 이유로 연애, 결혼, 출산을 포기한 세대), 5포 세대(3포+내 집 마련+인간관계), 7포 세대(5포+꿈+희망)이다. 골드 싱글의 골드빛이 바랜 것을 넘어 이렇게 무시무시한 유행어라니…. 시대의 암울함이 느껴진다.

그럼 결론적으로 나의 선배들은 골드라서 혼자 살았고 나의 후배들은 3포라서 혼자 산다는 것인데 20년만에 골드에서 3포로 바뀐 세상을 어떻게 이해해야 할까. 한줄로 요약하면 '갈수록 먹고 살긴 힘들고 사람들은 가족마저 귀찮다.' 정도가 되지 않을까. 이쯤되니 앞장에서 말했던 무연사회가 생각나면서 더욱 슬퍼진다.

싱글이라는 말은 이제 '혼자 잘 먹고 잘 산다.'는 이미지가 아니라 '혼자서도 먹고살기 힘들다.'로 바뀌어 버린게 아닐까. 그러니 이제와서 말이지만 싱글세는 만들지 말아주길 바라는 바이다. 싱글세라는 걸 생각해낸 그 사람은 아마 20년 전 골드 싱글, 그 생각만 하고 싱글세라는 걸 착안해낸 게 아닐까. 세상이 변하고 사람들이 변한 것을 생각하지 못하고 말이다.

현재에도 10년후에도 싱글세는 만들어지지 않기를, 설령 싱글세가 생기더라도 내가 그 해당자가 아니기를 바라보는 수밖에.

**꽉 막힌 어른이 되느냐 마느냐의
기로에서**

처음에는 미나리가 나에게 A부장의 행방을 물으며 주변의 40대는
전업 아니면 행불이란 얘기를 했을 때, 그럼 마흔에 관한 이야기를 써
보자 했는데 나 혼자 쓰게 되면 전업 쪽의 반쪽짜리 이야기가 되리란
생각이 들어 미나리에게 함께 하자고 했다.

시작하면서 서로 마음을 맞춰 쓰자고 하지도 않았다. 그저 자신의
입장에서 솔직하게 써보자고 했다. 그렇게 한 이유는 마흔이라면 서
로가 다름을 인정하고 그대로 받아들일 수 있는 나이였으면 좋겠다는
생각에서였다.

우선은 있는 그대로 보는 게 중요하다고 생각했다. 지금까지 매스
컴에서 전업이나 행불자를 다루는 경우도 거의 없었지만 다룬다고 해

도 있는 그대로 다루는 경우는 드물었다.

전업주부가 주인공으로 등장하는 경우는 아침 드라마인데 서로 다른 아침 드라마의 줄거리가 너무 비슷하다. 전업주부가 어느 날 우연한 계기이든 아니면 스스로 가정을 뛰쳐나왔거나 밖으로 나가 일로도 성공하고 연하의 남자와 재혼도 한다! 물론 약간의 불륜스러운 관계나 자식과 집안 걱정은 양념이다. 오늘의 전업주부가 내일도 전업주부라는 드라마는 어디에도 없다.

행불자의 경우를 보자. 마흔인데 여주인공이 되는 스토리는 극히 드물다. 물론 일본드라마에서 아예 40대를 내세운 〈어라운드포티〉가 있긴 했지만 그 후에 나온 드라마는 로맨틱 쪽보다는 외도가 소재가 되거나 이혼, 재혼 등 너무 복잡한 상황을 다루고 있어 결국 온전한 싱글인 40대가 연애를 하는 드라마는 거의 없다고 봐도 과언이 아니다.

전업주부든 행불자든 마흔쯤 되면 자신의 삶에 엄청난 변화의 기회가 있다는 걸 더이상 믿지 않는다. 믿고 있는 사람이 있다면 그 사람이 엄청난 변화를 가진 후에 다시 만나자고 하고 싶다. 이렇게 삶이 고정되었다는, 더 이상 변화된 미래가 없다는(미래는 있다. 당연히. 하지만 오늘과 비슷한 미래라고 생각한다.) 현실을 받아들인 후에는 우리와 다른 삶을 살고 있는 이들도 있는 그대로 바라보는 시선이 필요하다고 느꼈다. 나와는 다른 삶, 다른 가치관, 다른 생활을 가진 이들과의 교류는 고정된 나의 삶에 활력을 불어넣고 나의 세계를 넓혀주고 성장시킨다고 믿기에.

내가 마흔이 되어 30대와 다르게 떠올린 몇 가지 키워드가 있다. 그 중에 '똘레랑스'는 마흔을 출발하는 지점에서 꼭 새겨봄직한 인생의 열쇳말이라 생각한다. '똘레랑스'는 우리말로 '관용' 정도로 번역되는데 정치적 신념이 다를 경우에도 서로를 인정한다는 의미로 많이 쓰인다. 이 단어를 우리의 삶에 적용시키면 어떨까?

다른 삶, 다른 가치관, 다른 생활을 가진 이들과의 교류는 고정된 나의 삶에 활력을 불어넣고 나의 세계를 넓혀주고 성장시킨다고 믿는다.

마흔이란 나이에는 이미 자신의 삶이 켜켜이 쌓여와서 한순간에 바꾸기는 어렵다. 그렇지만 서로 다르다는 것만 주장하다가는 인생이 점점 외로워질 것이다. 마흔이 되면 다른 사람을 쉽게 이해한다고 말하는 게 '오만'이라는 것쯤은 안다. 하지만 이해는 하지 못하더라도 '인정'할 수 있다면 더 나아가 받아들일 수 있다면 그것만으로도 충분하지 않을까.

이 책을 미나리와 같이 시작하게 된 계기도 여기에 있다. 나의 이야기만을 쓰려 했다면 행불자를 자청하는 미나리에게 손을 내밀지 않았을 것이다. 앞서 말했듯이 마흔에 중요하다고 생각하는 '똘레랑스'를 실현하기 위해 나와 다른 인생을 사는 그녀의 이야기도 끌어들인 것이다.

'이렇게 살아야 한다.'를 주장하는 것도 아니고 '이렇게 살고 있다.'를 쓰고 있을 뿐, 마흔에 열심히 살아서 못 다 이룬 꿈을 이루자는 얘기도 아니고 지금까지 잘 살아왔다고 추억을 회상하자는 것도 아니니까. 지금 마흔을 살고 있는 사람들이 어떤 고민을 하며 어떤 하루하루를 보내는지 실제 삶에 관한 이야기를 하고 있을 뿐이니까.

우리는 다른 사람을 나와 너무 동일시 하거나 혹은 너무 다르게 생각하는 경향이 있다. 그러나 알고 보면 어떤 점에서는 비슷하고 어떤 점에서는 다를 뿐이다. 어떤 사람이 나와 비슷하다고 기뻐하거나 나와 다르다고 배제하는 일도 얼마나 어리석은 일인지 이제야 조금씩 깨닫는다.

한편으로는 이런 나의 어리석음도 현명하게 품어야겠다고 생각한다. 30대는 어쩌면 다름을 인정하려고 해도 자기를 들여다보기 바빠 어려웠다면 마흔은 이제 서로 다름을 인정할 수 있는 나이가 아닐까. 이렇게 함께 살아가는 방법을 깨달아 가는 나이가 아닐까.

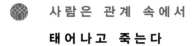

사람은 관계 속에서
태어나고 죽는다

    마흔이 되고 나서 새로이 관심을 갖게 된 주제가 '죽음'이다. 죽음이란 주제에 관심을 갖게 된 이유는 여러 가지가 있는데 첫째는 마흔이 넘은 내 나이에서 연유하는 것 같다. 마흔이라면 인생에 반을 살았다고 했을 때 자신의 시작과 끝을 생각해보게 되는 건 당연하지 않을까 싶다. 과연 나는 이 세상을 어떻게 끝내야 할까? 이런 고민들 말이다.

    두 번째는 많은 사람들과 상담을 하면서 자연스레 관심을 갖게 되었다. 죽음과 관련된 상담을 '애도 상담'이라고 한다. '애도'라는 것은 폭넓게 이야기하자면 '의미 있는 애정 대상을 상실한 후에 따라오는 마음의 평정을 회복하는 정신과정'이다. 직접적으로는 사랑하는 사람의 죽음과 관련된 것부터 간접적으로는 상실한 모든 것을 두고 얘기하기도 한다.

상담을 하면서 사람에게 큰 아픔은 주는 사건은 사랑하는 사람을 죽음으로 떠나보낸 일이라는 걸 알게 되었다. 시작은 각기 다른 사연이었지만 그들의 상처엔 사랑하는 이를 잃은 상실감이 공통적으로 있었다.

살면서 우리는 누구나 언젠가는 사랑하는 사람을 잃게 된다. 그리고 그 아픔은 인생에 큰 영향을 미치게 된다. 그렇게 나는 애도에 관한 공부를 시작했다. 타인의 애도에 대한 공부도 했지만 내 스스로에 대한 죽음에 대해서도 공부를 했다. '어떻게 죽는 것이 잘 죽는 것일까?'라는 화두에 몰두했던 것 같다. 그런데 엉뚱하게도 죽음의 답이 삶에 있음을 알게 되었다. 잘 사는 것이 잘 죽는 것이라는 결론에 이른 것이다. 잘 살지 못하는데 끝이 좋은 죽음은 없고 잘 살고 있다면 그 자체가 잘 죽는 것으로 연결된다는 것을 알게 되었다. 그러다 보니 생명의 소중함을 알게 되었다. 살아 있는 모든 것에 감사하다는 표현도 가슴에 와 닿기 시작했다.

그렇다! 끝과 시작은 맞닿아 있었다. 그러자 탄생의 의미가 새롭게 다가왔다. 사람이 태어난다는 건 기적이고, 아름다운 일이고, 우리는 그 생명을 소중하게 지켜야 할 책임을 갖고 있다. 그런 고민 끝에 지금 딸아이를 맞이하게 되었고 매일매일 생명의 소중함을 느끼고 있다.

한편 딸아이를 만나게 되면서 세상에는 환영 받지 못하는 탄생이 많이 존재한다는 것도 알게 되었다. 우리는 탄생이라면 가족들에게 둘러 싸여 갓난아이를 지켜보며 무언가에 홀린 듯한 함박웃음을 짓는 그런 상황을 흔히 떠올리지만 그렇지 못한 탄생도 많이 있다.

아이를 낳았으나 기를 수 없는 수많은 미혼모들. 그 미혼모들이 십대만이 아니라 30대 중반까지도 존재한다는 충격적인 사실도 알게 되었다. 미혼모만이 아니었다. 가난 앞에서 합법적인 부부라도 아이를 포기할 수밖에 없는 사람도 있었다. 또한 버려지는 아기들을 위한 '베이비박스'가 존재하고 그를 둘러싼 치열한 논쟁들은 현재 진행형이다.

난 그렇게 생각한다. 환영 받지 못하는 탄생도 생명은 소중한 것이고 우리 사회는 책임져야 한다고. 제도나 시스템을 떠나서 사람의 생명은 소중하니까. 그리고 얼마 전에 책『무연사회』를 읽으며 또 깨달았다. '애도받지 못하는 죽음'도 많다는 사실을.

누군가 죽었을 때 우리는 장례를 치르며 모이게 된다. 그것은 생명의 마지막 의식이라고 생각했다. 그런데 아무도 모르게 홀로 죽어가는 사람들이 있다는 것, 그리고 그 숫자가 늘어난다는 것만으로도 충격이었다. 사회는 기계나 시스템 제도의 발전이 아니라 궁극적으로 인간이 행복한 방향으로 발전해야 하는 게 아닌가. 그렇다면 무연사(고독사)는 줄어야 하는데 왜 늘고만 있는 것일까?

죽음에는 호흡이 끊어지는 물리적인 죽음과 인간관계가 끊어지는 사회적인 사망이 있다. 그런데 무연사 하는 사람들은 이미 죽기 전에 사회적으로 인연이 끊어진 사람들이었다. 그 사람들은 한때는 우리와 같은 길을 걸으며 같은 텔레비전을 보고 같은 음식을 먹는 평범한 이웃들이었을 수도 있다.

불과 몇 해 전까지의 나도 무연사할지 모르는 인생을 살고 있었던 게 아닐까.

나는 환영 받지 못하는 탄생과 애도 받지 못하는 죽음 사이에서 공통점을 발견했다. 그것은 '결혼'이었다. 정식으로 결혼한 사이가 아닐 경우 임신은 환영 받지 못하는 탄생으로 이어지는 경우가 많다. 그리고 애도 받지 못하는 죽음의 경우는 평생 미혼이든 이혼이든 싱글인 경우가 많았다.

이 글을 쓰고 있는 지금도 울산에서 모녀가 죽은 지 3개월만에 발견되었다는 뉴스가 들린다.

'…A씨는 15년 전 이혼한 뒤 울산에서 살다가 5년 전 포항에 이사와 미혼인 큰딸과 생활해 온 것으로 알려졌다….'

얼마 전에 유명했던 '맥도날드 할머니'도 같은 경우다. 노숙자인 셈인데 그녀는 맥도날드에서 커피 한잔으로 밤을 새거나 근처 교회에서 밤을 새며 퇴직 후 몇 십 년의 세월을 보냈다. 방송에 소개되고 가족이 있다는 것도 밝혀지고 다른 사람들의 도움의 손길도 있었지만 결국 그녀는 무연사가 되고 말았다.

아마 이 할머니의 사례는 일로만 사회적 관계를 맺었던 경우가 아닐까 싶다. 그래서 퇴직 후에는 사회적 연결고리가 없어지고 쓸쓸히 홀로 죽음을 맞이했을 것이다. 이 할머니는 평생 미혼이었다.

누군가는 인생에 있어서 돈이 중요하다고 하고, 명예가 중요하다고 하고, 먹는 게 중요하다고 하고, 사랑이 중요하다고 할지 모르겠다. 그런데 나는 '결혼'만큼 인생에서 중요한 것이 없다고 생각한다.

이 세상에 환영 받는 탄생이 되기 위해서는 온전한 결혼 상태에서 출산을 해야 하고 또 애도 받는 죽음이 되기 위해서는 정상적인 결혼 상태를 유지하는 것이 필요하다. 여기서 결혼이란 단순한 형식이 아니라 내가 유일하게 가족이 아니라 타인과 맺은 가장 끈끈한 관계의 다른 이름이다. 혈연 관계가 아니면서 혈연 이상으로 인생의 큰 부분을 차지하는 사이.

사람은 관계 속에서 태어나 관계 속에서 죽어간다고 생각한다. 그렇다면 탄생도 죽음도 홀로가 아니고 관계 속에서 존재한다. 그리고 우리 모두는 탄생을 환영받고 죽음을 애도받을 권리를 가지고 있다.

생각해보니 나도 무연사할지도 모르는 인생을 살고 있었던 게 아닐까 싶다. 과거 이혼 후 일하며 혼자 살 때 비슷한 친구들과 약속을 했었다. 3일 동안 연락이 없으면 찾아가 보기로. 그때 이 약속을 한 친구들은 현재 나를 비롯해 모두 가정을 꾸리고 있다. 이 약속만큼은 지켜지지 않아도 되어 참 다행이란 생각이 든다.

태어날 때는 나만 울고 다른 사람은 웃고 있고 죽을 때는 나만 웃고 다른 사람들은 울게 하라는 말이 있다. 앞으로 더 죽음에 가까워지는 나이가 될 텐데 과연 내 인생은 어떤 결말을 향해 가고 있는 걸까.

어른에게도
장래희망은 있다

한동안 서른도 아니고 마흔이라면 되고 싶은 무엇이 이미 되어 있어야 한다고 생각했다. 마흔이면 확실히 자기 직업이 있는 나이니까. 마흔에 가수라면 중견가수거나 이미 전성기를 지난 가수이다. 마흔에 교수라면 적당한 나이라고 생각하지 이른 나이라고는 생각하지 않을 것이다. 그렇게 늦게 데뷔했다고 하는 박완서 작가도 마흔에는 등단을 한 상태였다. 부자가 되는 것도 그렇다. 마흔에는 부자가 되는 꿈을 꾸기 전에 이미 어느 정도는 재산이 있어야 한다고 생각했다.

더불어 '~이 되고 싶다.'라는 생각을 하지 않고 살았다. 이유는 간단했다. 마흔이 되어서 '~이 되고 싶다.'는 소망 자체가 현실적이지 않다고 생각했다.

대학원을 다닐 때 나와 나이가 비슷하거나 나보다 나이가 많은 사람들이 '꿈이 있다.'라고 얘기했을 때 주변에서는 대단하다고 했을지 모르지만 나는 마음 속으로 '왜?'라는 의문이 스멀스멀 올라왔다.

그런데 최근에 들어서 생각이 바뀌었다. 무언가 되고 싶다는 생각이 들었다. 그것은 바로 '따뜻한 사람'이었다.

너무 흔한 말이라서 말하는 나도 그렇고 읽는 사람도 감흥이 없을지 모르겠다. 조금은 낯간지럽고 어디서 들어본 듯한 느낌도 있다. 검색해보니 오래 전에 어느 커피 광고에서 '가슴이 따뜻한 사람과 만나고 싶다.'라는 카피로 쓰여 큰 인기를 끌었던 모양이다. 기껏 결심한 내용이 이미 오래 전 휩쓸고 지난 내용과 비슷할지라도 전혀 실망스럽지 않았다.

'따뜻한 사람이 되고 싶다.'라는 것과 '가슴이 따뜻한 사람을 만나고 싶다.'라는 말은 아주 다르다고 생각하기 때문이다. 전자는 내가 따뜻한 사람이 되겠다는 것이고 후자는 나는 어떻든 상관 없이 상대방이 가슴이 따뜻해야 한다는 표현이니 말이다.

내가 '따뜻한 사람'이 되고 싶다고 생각하게 된 계기는 '아이' 덕분이다.

아이가 생기기 전에는 나 스스로 '아줌마'에 대한 부정적인 인식이 강해서 애랑 같이 외출을 하면 사람들이 무시하거나 혹은 아이 때문에 폐를 끼칠 수 있으니 사람들이 불편해 하거나 귀찮게 여기지 않을까 걱정했다. 이른 바 자격지심이었던 것 같다.

그런데 막상 아이를 데리고 다니니 나의 예상과 전혀 다르게 사람들의 친절하고 따뜻한 관심을 받았다. 아이가 없이 다닐 땐 세상이 삭막하다고 왜 이렇게 서로에게 관심이 없냐며 이런 게 현대 사회인가 보다고 생각했었는데 아이를 데리고 다니니 180도 다른 세상에 사는 것 같았다.

사람들이 아이에게 많은 시선을 주고 또 눈이라도 마주치면 '귀엽다.'거나 '몇 살이야?'라고 묻고는 했는데 그 관심이 무척 자연스러워서 부담스럽다거나 왜 남의 일에 개입하나 하는 생각이 전혀 들지 않았다. 혼자 다닐 때는 모르는 사람들과 대화를 할 일은 거의 없었다. 있다면 주차장 관리 아저씨나 가게에 갔을 때 점원과 대화 정도였던 것 같다. 내 곁을 지나가는 사람들은 그저 무미건조한 행인에 지나지 않았다. 그런데 그 행인들이 이제는 나의 아이에게 눈길을 주고 관심을 갖는 따뜻한 이웃으로 느껴졌다.

왜 아이가 생기기 전까지는 사람들이 아이 엄마를 무시할 거라고 지레짐작을 했는지 그리고 노키즈존이 생겼다는 부정적인 기사만 보였는지 모르겠다.

한번은 민속촌에 구경을 갔다가 아이의 기저귀를 갈아줘야 했는데 마땅한 장소가 없었다. 화장실에도 기저귀 가는 곳이 없는 상황이라 관리인으로 보이는 듯한 할아버지께 상황 설명을 했더니 한옥 마루를 가리키며 저길 쓰라고 해주셨다. 마치 내 집 마루를 쓰라는 듯이.

기저귀에 얽힌 또 다른 추억은 공항에서 일어난 일이다. 이미 티켓팅을 하고 게이트 앞에서 대기를 하고 있는데 화장실에는 기저귀 가는 곳이 설치되어 있지 않았다. 당황하는 날 보고 직원이 항공사 사무실에 데려 가길래 그쪽의 화장실을 이용하라는 줄 알았더니 회의실 책상을 쓰라고 하는 것이 아닌가. 사무실에서 기저귀를 갈다니! 미안했지만 정말 그 방법 외에는 없었다. 그때 여직원 한 명이 사무실에 있었는데 자기도 임신 중이라며 나를 꽤 불쌍한 눈으로 보며 '아이가 생기면 이런 게 문제겠군요…'라고 했지만 나는 이런 친절이 참 고맙게 느껴졌다. 아이가 크면 두고두고 얘기해줘야겠다. 민속촌 마루에서, 공항 사무실에서 기저귀 갈은 애는 너밖에 없을 거라고.

또 한번은 일본에서 국내선 비행기를 갈아타는데 기저귀가 한 장도 없었다. 국내선은 비행기 안에도 기저귀가 비치되어 있지 않고 공항 내 매점도 팔고 있지 않았다. 그때 아이가 있는 일본 아주머니에게 말을 걸어 미안하지만 기저귀 좀 빌려달라고 했다. 흔쾌히 기저귀를 빌려주길래 감사의 마음으로 음료수를 하나 건넸다. 아이에 대한 배려는 한국만이 아니었던 것이다.

따지자면 우리나라의 육아시설이 턱없이 부족하다거나 왜 일본 국내선에는 기저귀가 비치되어 있지 않냐고 국제 항의라도 해야겠지만 오히려 나는 사람들의 따뜻한 배려를 느낄 수 있어 참 좋았다고 생각한다.

왜 아이가 생기기 전까지는 사람들이 아이 엄마를 무시할 거라고 지레짐작을 했는지 그리고 노키즈존이 생겼다는 부정적인 기사만 보였는지 모르겠다. 이렇게 사람들의 따뜻함을 경험하면서 내 자신에 대해서도 돌아봤다. 내가 너무 세상을 차갑게 보고 있었던 건 아닌지, 또 사람들의 관심을 부정적으로만 생각한 건 아닌지.

무언가 '되고 싶다'는 생각이 들었다. 그게 거창한 성공이 아닐지라도.

〈따뜻한 말 한마디〉라는 드라마도 있었는데 내용도 그렇지만 제목이 참 마음에 들었다. 내게 부족한 것이 '따뜻한 말 한마디'가 아닐까 라는 생각이 들어서였다. 물론 '따뜻함'이란 것은 추상적이라서 어떤 것이 '따뜻함'이라고 정의하기는 어렵다.

우선 '따뜻함'이 무엇인지부터 고민해봐야겠지만 지금 내가 되고 싶은 것은 유명한 작가나 돈을 많이 번 부자가 아니라 '따뜻한 사람'이다.

어렸을 때는 '성공'이라는 말에 유독 끌렸고, 세상은 승자와 패자로 나뉜다고도 생각했었다. 아바의 노래도 있지 않은가. 'The winner takes it all(승자가 모든 것을 가진다.).' 그러나 긴 인생에 있어서 성공은 순간일 뿐이었다. 그리고 승자와 패자는 바뀌기도 한다. 긴 인생에 있어서 승자가 될 때나 패자가 될 때나 행복하게 살아가려면 성공보다는 인간으로서의 '성장'이 중요하다고 생각한다.

나에게 성장이란 조금 더 '따뜻한 사람'이 되는 것이다. 아직 따뜻한 사람도 아니고 따뜻함이 뭔지도 잘 모르지만 언젠가는 따뜻한 사람이 되면 좋겠다. 마흔 살이나 먹은 여자의 장래희망으로 꽤 멋지지 않은가?

앞으로 10년 후에는 따뜻함에 조금 더 가까워져 있는 나를 기대해 본다.

당신만의 타이밍으로
사랑하고
사랑받아요

글을 쓰기 시작하면서 피오나 님과 이런 대화를 나누었던 기억이 나요. 글을 읽은 독자들이 결국 미나리는 연애를 할까, 결혼을 할까를 궁금해 할 거라고요. 미나리가 실제로 연애를, 결혼을 하면서 결론을 맺는다면 뭔가 훈훈하겠다는 생각이 들면서 정말 그렇게 꾸며 볼까 하는 생각까지 들었어요. 하지만 에세이에서 판타지로 비약하는 그런 거짓말은 쓰지 말자고 마음을 고쳐 먹었죠.

그런데 정말 그런 거짓말 같은 일이 저에게 일어났어요! 작년 가을부터 글을 쓰기 시작해서 추운 겨울을 견뎌내고 글쓰기를 마쳐가던 올해 봄, 마치 짜여진 각본이었던 것처럼 미나리가 연애를 시작한 거죠! 많이 놀라셨죠? 저도 놀랐어요.

에필로그의 초안을 썼을 때 갑자기 문체가 너무 부드러워져서 어색하다는 지적까지 받았어요. 그건 저도 이미 느끼고 있던 바였죠. 자유분방한 인터넷체를 수정하기 바빴던 제가 어느 순간 공손하고 부드러운 문체로 써내려가고 있었으니까요. 그런 지적도 무리는 아니었어요. 하지만 부드러워진 나를 이제 나도 어쩔 수 없어요! 이게 다 제가 연애를 시작했기 때문이거든요.

싱글세를 걱정하던 저에게 어떻게 이런 거짓말 같은 일이 일어났을까요. 글에서 여러 번 언급했듯이 저도 혼자 땅굴을 파던 긴 시간이 있었어요. 언제 땅굴에서 나오게 되었는지 돌이켜보면 2013년의 겨울이 시작되던 무렵이 아니었을까 싶어요. 특별한 계기가 있었던 건 아니었어요. 땅굴에서 나와야겠다고 결연한 의지로 결심을 한 것도 아니었어요. 생각해보면 너무 땅굴 속에 있다 보니 산소가 부족해서 조금 머리를 내밀어 봤던 것 같아요. 죽을까봐 숨 쉬려고요.

회사동료와 당시 한창 유행이었던 TV프로그램 〈마녀사냥〉의 이야기를 하면서 "나도 다시 연애를 해야겠다."는 돌발 발언을 했던 기억이 나요. 회사에서 좀처럼 개인적인 이야기를 하지 않던 저였기에 사뭇 당황하던 동료의 얼굴이 아직도 생생하네요. 아마 그때부터였던 것 같아요. 제가 조금씩 변하기 시작했던 때가.

2014년 초에는 싱글인 친구들끼리 '생기자'라는 밴드도 만들었어요. '애인 생기자.' 우리는 한 달에 한 번 애인이 생기기 위해 어떤 노력을 했는지 보고하는 자리도 가졌어요. 손발이 오그라들게 유치하죠? 그래도 그게 무척 재미있었어요. 뭐라도 해야 할 것 같은 책임감도 느껴지고요. 물론 작년 한 해 동안 아무도 '안 생긴' 우리는 크리스마스에 우리끼리 모여 놀게 되었지만요.

결국 생각의 차이였던 것 같아요. 연애 해야겠다고 이야기하는 것이 부끄러울지는 몰라도 어두운 얼굴로 혼자 땅굴 속에 있는 것보다는 밝은 얼굴로 소개팅 해달라고 말하는 게 훨씬 보기 좋다는 거죠.

작년 가을에 피오나 님의 의뢰를 받고 글쓰기를 결심할 수 있었던 것도 그때 이미 스스로 변하고 싶어하는 내면의 의지가 있었던 게 아닌가 하는 생각도 들어요. 글을 쓰면서는 본격적으로 많은 생각을 했어요. 이미 실패한 인생이 아닐까라는 죄의식에서 벗어나는 과정이었던 것 같아요. 미모도 돈도 남자도 없는 내가 마흔 살이나 넘어 기필코 연애해서 행복사회 구현에 이바지하겠다는 소리를 당당하게 하고, 그렇게 한줄 한줄 써내려가는 작업이 생각을 바꾸는 데 큰 도움이 되었어요.

가장 힘들었던 건 당당해지기였어요. 나이 마흔에 홀로 살고 있다면 이미 충분히 잘못된 인생을 살아온 거라는, 나는 정말 지지리도 못난 인간이라는 죄의식에서 벗어날 수가 없었어요. 죄를 지은 건 아니지만 그게 마치 죄인 것처럼 느껴지는 죄의식에서요.

글을 쓰면서 깨달았어요. 마흔 살에 혼자 살고 있는 나는 단순히 내가 못난 탓이 아니라는 것을요. 우리는 자신을 좀 더 객관화 시켜 바라볼 필요가 있어요. 결혼하지 않은 마흔은 사회적 산물이에요. 저출산, 고령화, 1인 가구, 익명성과 무관심, 고립과 고독의 시대를 살아가는 우리의 모습 하나하나는 모두 사회구조적 뿌리를 두고 있어요. 나는 나 홀로 만들어진 것이 아니에요. 마흔 살에도 결혼하지 않은 원인이 개인의 마음 속에만 있다는 생각을 버려봐요. 그리고 그 망할 놈의 죄의식에서 벗어나봐요.

아, 그래서 다 됐고 남자는 어떻게 만났냐고요? 드라마 같은 운명적 우연이거나 로맨틱한 여행지에서의 만남 같은 걸 기대하신 건 아니죠? 그냥 소개로 만났어요. 너무 무미건조했나요? 뭐면 어때요. 만난 게 어디에요. 저에겐 사람을 보자마자 1초만에 이 사람이랑 만날지 말지 정해버리는 나쁜 습관이 있었어요. 여전히 그 습관을 버리지 못한 상태였죠. 그런데 이 사람은 잘 모르겠더라고요. 그런데 그 1초가 1분이 되고 1시간이 되면서 마주 하고 있는 시간이 점점 떨리는 거에요. 웃는 눈매가 너무 예뻤거든요. 처음 만났던 봄을 지나 벌써 여름이네요. 오늘이 정확히 100일 되는 날이에요. 마흔에 연애를 해도 100일을 세더라고요. 놀라셨죠? 저도 놀랐어요. 100일을 세다니요.
　이쯤에서 드는 생각은 이거잖아요. '남들은 소개로 잘도 만나는 구만.' 제가 딱 맞췄죠? 저도 다 해봤거든요. 그런데 사실상 소개가 들어와도 그런 자리에 나가는 것도 싫으시죠? 그런 자리에 나가면 나갈수록 좌절만 깊어지죠? 만나면 만날수록 세상 남자가 다 싫어지고 더 나아가 인간 자체가 다 싫어지잖아요. 나라는 인간까지 포함해서요. 그 마음 이해해요. 땅굴 속에 있을 때는 만남의 기회가 와도 즐겁지가 않았어요. 이미 내 마음은 상대방의 단점을 찾으려고 작정을 하고 있었으니까요. 그런데 생각이 바뀌면서 상대방의 장점을 보기 시작했던 것 같아요. 머리숱은 없을지언정 지적인 말솜씨를 가진 상대를 좋게 보는 눈을 갖게 된 거죠. 그렇게 장점을 찾으면 비록 상대방에게 이성의 감정을 느끼지 못하더라도 그 만남이 짜증나거나 쓸데없는 시간 낭비에 소모되고 있다는 자괴감에 빠지지는 않게 되더라고요. 맞선을 보든 소개팅을 하든 즐겁게 만나는 거죠! 누구에게나 장점은 있으니까요. 바다와 같은 인류애로 시작해봐요.

나도 남들처럼 행복해질 수 있을까라는 생각을 한 적이 있어요. 나는 이미 모든 게 늦어서 남들처럼 행복해질 수는 없을 거라고 생각했죠. 그런데 가만히 생각해보면 행복해질 수 없었던 건 남들의 행복을 따라 하려고 했기 때문인 것 같아요. 내가 남이 아니라 나인데 어떻게 '남들처럼' 행복해질 수가 있겠어요. 나는 '나대로' 행복하면 되는 건데 말이죠. 행복하냐는 질문을 받고 당황해본 적 있지 않으세요? 한국사람들은 행복의 실체를 알지 못하고 추상적 개념으로 받아들이는 경향이 있다고 해요. 그래서 TV에서는 하루가 멀다 하고 행복에 대한 강연이 줄을 잇는 모양이에요. 강연을 듣는다고 행복이 나를 찾아올까요?

우리 사회에는 사람들이 만들어놓은 표준화된 행복의 규격이 있는 것 같아요. 이상적인 결혼, 공부 잘하는 아이, 30평대 아파트, 중형차 등등 이 모든 걸 이루고도 정작 내가 행복한지는 모르겠다는 사람들은 계속해서 막연한 개념으로서의 행복을 좇게 되는 거죠.

남들이 만들어 놓은 행복의 규격에 부응하려는 노력은 이제 하지 말기로 해요. 가만히 생각해보면 나에게 행복하다고 느껴지는 순간을 가져다 주는 실체가 있을 거에요. 개념적 행복은 잊어요. 우리가 원하는 그 실체에 집중해 보아요.

휴가를 낸 어느 평일 오후였어요. 버스커버스커의 음악을 들으며 동네 아파트 담벼락을 따라 혼자 영화를 보러 가는데 우거진 가로수의 초록 잎이 찬란하게 흔들리면서 시원한 바람이 불어오는 거에요. 그 아무것도 아닌 순간의 행복감을 잊을 수가 없어요. 나의 행복은 내가 소유하지 못한 그 동네 아파트에 있는 게 아니었어요. 나의 행복은 단순하게도 휴가, 음악, 영화 그리고 시원한 바람 한 줄기였던 거죠.

아, 그래서 남자친구는 도대체 몇 살이냐고요? 마흔 살의 여자가 만나는 남자는 도대체 몇 살일까? 직업보다도 나이가 더 궁금해지는 거 저도 잘 알아요. 저도 친구가 연애한다고 하면 나이부터 물어보거든요. 제 남자친구는 동갑이고요, 저보다 한 달 늦게 연애를 시작한 제 친구는 남자친구가 5살 연상이에요. 결국 나이는 대중없는 거죠. 아, 이 친구가 바로 '만남의 먹이사슬' 편에 등장하는 대학동창 C에요! 사랑에 빠진 친구의 모습이 어찌나 행복해 보이던지 내가 연애하는 것보다도 그 친구를 보는 게 더 행복할 정도였어요.

하지만 에필로그를 쓰는 지금까지도 남아있는 한 가지 걱정이 있어요. 부모님이나 연인이 나의 글을 봐도 될까라는 걱정이에요. 19금 영화를 찍은 여배우의 심정을 알게 되었다고나 할까요. 평생 변변한 대화를 나눠본 적 없는 아버지가 내 글을 읽고 충격을 받지는 않으실까. 내가 결혼 안 한 걸 부끄러워하시는 어머니가 내 책을 친구들에게 자랑하실 수 있을까. 나의 지난 시간을 알지 못하는 연인이 내 글을 읽고 나를 다시 보지 않을까.

가까운 사람들에게 나를 보여주는 것이 훨씬 더 큰 용기가 필요하다는 걸 알았어요. 하지만 가장 사랑하는 사람들에게 보여줄 수 없는 이야기라면 내 글이 무슨 가치가 있을까 생각했어요.

마흔 살이나 먹었지만 아줌마 파마를 하지도 않고, 늘어난 뱃살도 없고, 스키니진에 운동화가 어울리고 이문세보다는 버스커버스커를 사랑하는 새로운 마흔 살인 우리는 괴상하지도 않고, 괴짜도 아니고, 비주류도 아니고, 희귀종도 아니에요.

껍질을 벗어버리고, 솔직하게 드러난 나 자신에 대한 부정적 이미지를 모두 내려놓아요. 새로운 만남과 관계를 포기하고 마음의 문을 꽁꽁 닫아버리는 건 나에 대한 부정적 이미지를 감추기 위한 방어기제에요. 그렇게 두꺼운 갑옷을 뚫고 들어올 수 있는 상대가 있을 수 있을까요? 내가 두꺼운 갑옷을 벗어버릴 때 나의 부모가, 나의 연인이 나를 더 따뜻하게 감싸줄 거라고 믿어요.

타인에게 향했던 시선을 나 자신에게 돌려보세요. 규격화된 행복에 들어맞지 않는다고 실패한 인생은 아니에요. 우리 모두 각자의 타이밍과 각자의 행복이 있으니까요.

아, 그래서 결혼은 할 거냐고요? 미나리의 연애가 어디를 향해 갈지 저 자신도 궁금해요. 마흔 쯤 되면 우리의 인생이 무언가 완결되어 있을 거라고 생각했던 게 큰 착각이었던 것 같아요. 우리 인생에 완결이 있을까요. 우리의 사랑도, 고민도 우리가 살아 숨 쉬는 한 영원히 계속 될 거에요. 현재진행형인 우리의 삶, 당신만의 타이밍으로 사랑하고 사랑 받으세요.

지금, 가장 사랑이 필요한 때에요.

미나리

사랑하는 사람을
잃을 수도 있는 나이

미나리는 에필로그에서 애인이 생겼음을 고백했다. 이 글을 시작하며 미나리가 새로운 사랑을 만나기를 학수고대 했지만 마흔이 넘은 여자에게 너무 남자를 만나라고 다그치는 것은 오히려 역효과가 될 것 같아 그냥 연애를 하면 좋겠다는 한마디만 던져두고 나는 나의 이야기를 쓰는 데 집중했다.

그런데 이런 마법 같은 일이 이루어지다니!

나뿐만이 아닐 것이다. 이 책을 마지막까지 읽은 분들도 미나리의 글을 읽으며 결국 남자를 만났다는 건가? 어떻게 이런 동화 같은 결말이 있을 수 있는지 반신반의할지도 모르겠다.

그러나 조금만 더 생각해보면 남들은 20~30대 결혼도 잘만 하는데(!) 마흔이 넘어서 애인이 생기고 결혼할지도 모른다는 얘기는 결코 핑크빛 로맨스나 순진무구한 동화가 아닐 수 있다. '남들처럼'이 아니라 오로지 자신에게 집중하고 자신의 타이밍을 믿으며 노력한 결과가 아닌가 싶다.

만약 이렇게 미나리만의 에필로그로 끝난다면 완벽하고 아름다운 이야기가 되겠지만 우리 모두가 알다시피 세상은 완벽하고 아름다운 이야기로만 이루어지지 않는다. 전업의 입장이었던 나는 이 글을 쓰면서 어떤 일을 겪었을까?

책을 쓰면서 인생의 끝자락을 함께 하는 간병이란 것을 생각하게 해주신 아버지께서 지난 6월 6일 세상에 영원한 작별을 고하셨다. 남편과의 결혼기념일이 6월 7일인 것을 생각하면 6월은 나에게는 가족의 탄생과 죽음이 공존하는 달이 되어버린 셈이다.

　아버지께서 돌아가시고 나서야 나는 세상 모든 사람들이 사랑하는 사람을 얻기도 하지만 잃기도 한다는 너무나 당연한 사실을 깨달았다. 그 동안은 사랑을 얻는 것만 내 눈에 보였고, 남편을 얻고 자식을 얻고, 그렇게 가족이 만들어지는 과정에만 집중하고 있었던 것 같다.

　그런데 그렇게 얻은 사랑하는 가족을 잃을 것 같은 예감, 또 잃어가는 과정, 잃어버린 후에 애도하는 과정도 인생의 큰 부분이었음을 아버지께서 돌아가시고 나서야 뼈저리게 느끼게 되었다.

　나만이 아닐 것이다. 우리에겐 누구나 사랑하는 사람을 잃은 경험이 있고 혹은 앞으로 더 많은 사람을 잃어갈지도 모른다. 어떻게 사람들은 그 깊은 슬픔과 많은 아픔들을 견디며 살고 있을까 궁금했다.

　'꽁생(共生)'. 나는 아버지가 은퇴하고 쭉 쓰시던 인터넷 닉네임에서 그 답을 찾을 수 있었다.

　'빨리 가려면 혼자 가라, 그러나 멀리 가려면 함께 가라!'는 아프리카 속담이 있다. 아버지가 떠나셨지만 나에게는 인생이라는 먼 길을 함께 하고 있는 남편과 딸, 또 주변의 고마운 사람들이 있다는 사실을 생각하니 '혼자여도 괜찮을까?'라는 고민은 이제 마무리를 지어도 될 듯하다.

피오나

혼자여도 괜찮을까?

어쨌든 한번은 부딪히는 인생 고민

초판 1쇄 발행 2015년 11월 13일

지은이   피오나, 미나리

발행인   곽철식
편집   김영혜 권지숙
발행처   (주)다온북스

출판등록   2011년 8월 18일
주소   서울 마포구 동교로 144, 5층
전화   02-332-4972
팩스   02-332-4872

인쇄와 제본   영신사

ISBN   979-11-85439-37-2 (03810)